DR REMILLY

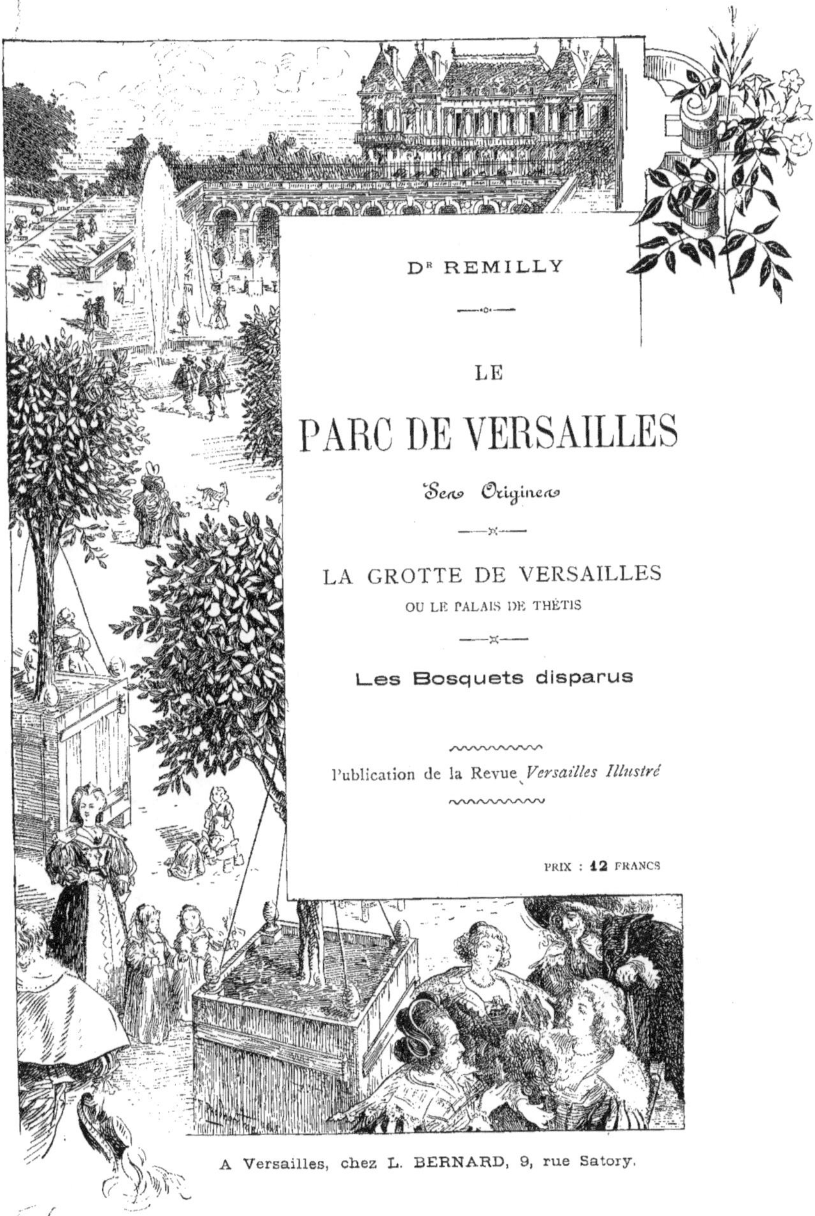

— ◦ —

LE
PARC DE VERSAILLES

Ses Origines

— ✕ —

LA GROTTE DE VERSAILLES
OU LE PALAIS DE THÉTIS

— ✕ —

Les Bosquets disparus

Publication de la Revue *Versailles Illustré*

PRIX : **12** FRANCS

A Versailles, chez L. BERNARD, 9, rue Satory.

LE PARC DE VERSAILLES

Tiré à cent Exemplaires numérotés,
dont soixante-quinze ont été mis dans le commerce.

Ex. : N° 77

Dʳ REMILLY

LE

PARC DE VERSAILLES

Ses Origines

—✕—

LA GROTTE DE VERSAILLES

OU LE PALAIS DE THÉTIS

—✕—

Les Bosquets disparus

Publication de la Revue *Versailles Illustré*

PRÉFACE

—✕—

Mon cher Docteur,

Est-ce bien à moi qu'il appartient de présenter aux lecteurs votre intéressant travail sur *les Origines du Parc de Versailles, la Grotte de Thétis* et *les Bosquets disparus* ? Ai-je le droit de m'affirmer dans une *Préface*, alors que je serais peut-être bien embarrassé s'il me fallait écrire un livre ?

Permettez-moi de croire que, poussé par votre bon cœur et la vive amitié dont vous m'honorez, vous avez voulu seulement associer à votre œuvre le modeste directeur de la Revue *Versailles Illustré*, dans laquelle vous avez fait paraître ce document historique, que d'autres auraient été trop heureux de recevoir.

Laissez-moi donc, ou plutôt laissez-nous — parlant ici au nom de tous nos collaborateurs, c'est-à-dire de tous nos amis — vous remercier de votre initiative, aussi généreuse que désintéressée, si profitable du reste à notre publication.

Versailles n'a pas été seulement dès sa création une ville, mais *la Ville ;* son véritable nom aurait pu être *Urbs*. Notre cité n'a-t-elle pas été le centre de notre France depuis Louis XIII jusqu'aux journées des 5 et 6 Octobre ? C'est dans son Palais que se sont dénouées, pendant près de deux siècles, toutes les grandes questions politiques et de gouvernement ; c'est de là qu'est sortie avec Richelieu la France contemporaine ; c'est dans ces somptueux appartements que Louis XIV a vécu ; c'est de sa Chambre du Conseil qu'il a dicté ses volontés au monde entier. C'est là aussi que Louis XV a aimé et c'est dans les *Petits Appartements* que Louis XVI et Marie-Antoinette ont goûté des plaisirs et des joies qu'est venu gâter la désastreuse affaire du Collier, ce premier pas vers la Révolution, qui a balayé comme un raz de marée l'antique monarchie française. Et d'où partit-elle cette Révolution? De la salle du Jeu de Paume, c'est-à-dire de Versailles, que nous trouvons toujours mêlé aux grands événements de notre histoire, et qui aujourd'hui encore est la ville du Congrès.

Mais si tout ce passé de notre cité et de son Palais est mis au grand jour, celui de ses Jardins restait dans l'ombre.

Désormais, cette lacune est comblée, et, soyez-en persuadé, dans l'avenir vous ferez autorité, parce que vos résurrections reposent sur un fonds solide.

Vous n'avez rien inventé, dites-vous volontiers ; combien cette phrase est heureuse ! L'histoire ne s'invente pas, on la découvre ou bien on la complète par des documents ; et c'est sur des documents que vous étayez toutes vos descriptions.

Pour parler aux yeux, vous prenez les plans initiaux des jardins du Palais, les tableaux de Cotelle et de Martin dans la salle des Résidences, au Musée, ainsi que cette admirable collection des gravures d'Israël Silvestre, de Pérelle, d'Aveline, de Rigaud, de Simonneau, etc., etc.

PRÉFACE

Pour parler à l'esprit, vous extrayez des œuvres de Mlle de Scudéri, de Charles Perrault, de Saint-Simon, de La Fontaine, de Dangeau, de Félibien et de Piganiol de La Force ce qu'ils ont écrit sur les Jardins de Versailles ; puis, vous coordonnez tous ces documents, vous les soudez d'une main précise et vous reconstituez ainsi les merveilles évanouies du Parc de Louis XIV.

Dans ce travail de patientes recherches, il est un chapitre sur lequel on ne saurait trop s'appesantir, parce qu'il fait apparaître et toucher du doigt la plus belle période du grand règne : c'est celui des *Bosquets disparus*.

Avec l'ordre méthodique suivi rigoureusement dans toute votre publication, vous commencez la promenade au *Pavillon d'Eau* qui, ainsi que vous le dites vous-même, avait son entrée en face de la grille actuelle du passage de l'*Hôtel des Réservoirs*. Le lecteur n'a plus qu'à se laisser guider ; pris en quelque sorte par la main, il va de bosquet en bosquet, où les vestiges du passé, votre texte et les reproductions des anciennes gravures le font revivre quelques instants dans la gloire rayonnante des XVIIe et XVIIIe siècles.

Vous avez donc fait œuvre utile, le jour où vous avez ajouté ce nouveau chapitre à l'histoire de notre Palais, car, nous pouvons bien le dire maintenant : Que reste-t-il des bocages, des pièces d'eau et des bosquets d'autrefois ? un parc merveilleux, certes, incomparable, je l'accepte, mais dans lequel, ainsi que l'a si finement dit notre distingué conservateur du Musée de Versailles, M. Pierre de Nolhac, Louis XIV ne retrouverait plus son œuvre.

Croyez, mon cher Docteur, à l'expression bien sincère de nos remerciements et à ma vive amitié.

Albert TERRADE.

Septembre 1899.

Versailles avant Louis XIII (côté ouest).

LES ORIGINES DU PARC DE VERSAILLES

I

Le Parc de Louis XIII

EN l'an de grâce 1624, les habitants de Versailles, au Val-de-Galie, qui occupaient une quarantaine de maisons groupées autour du prieuré de Saint-Julien, ne se doutaient guère des hautes destinées réservées à la colline qui les abritait des vents du nord et du couchant; vents fréquents, puisqu'on n'a pas craint de faire dériver Versailles de *Versaliæ*, parce que les blés y étaient toujours versés.

C'est cependant cette année-là, comme le rapporte Saint-Simon dans ses Mémoires, que « Louis XIII, « ennuyé, et sa suite encore plus, d'avoir couché dans un méchant cabaret à rouliers ou dans un moulin à « vent, fit construire à Versailles un pavillon pour y servir de rendez-vous de chasse ».

Le moulin à vent dont il est ici question était situé sur le haut du monticule qui abritait le prieuré de Saint-Julien et les habitations de Versailles, au Val-de-Galie. Cet emplacement était bien choisi, car plus tard, Louis XIV se promenant au même endroit et y admirant le déploiement de l'immense façade de son palais, s'adressant à son entourage : « Vous souvient-il d'avoir vu un moulin à vent en cet endroit ? —

Vue de Versailles sous Louis XIII (côté nord).

« Oui, Sire, répondit le maréchal duc de Créquy en ramassant son chapeau ; le moulin a disparu, mais le « vent est resté. »

Près de ce moulin, sur la pente méridionale et à mi-côte, là où est l'Orangerie, existait alors le « vieil chasteau en ruines » de Martial de Loménie, secrétaire de Charles IX et de ses finances, propriétaire de la seigneurie de Versailles, en 1561. Ses enfants mineurs l'avaient cédé, en 1573, à Albert de Gondi, comte de Retz ; et c'est le fils de ce dernier, Jean-François de Gondi, archevêque de Paris, qui le vendit à Louis XIII, en 1632.

Mais avant d'acheter cette terre et seigneurie, il est certain que, dès l'année 1624, Louis XIII avait fait bâtir à Versailles un rendez-vous de chasse, élevé sur le lieu le plus éminent, « où était situé ci-devant un moulin à vent », comme le dit Blondel, dans le tome IV de son *Architecture française*. C'est de ce pavillon que Bassompierre, dans une assemblée de notables tenue à Paris, en 1627, a dit « qu'on ne sau- « rait reprocher au roi le chétif chasteau de Versailles, de la construction duquel un simple gentilhomme « ne voudrait pas prendre vanité ».

En 1627, une autre terre fut vendue au roi Louis XIII par Jean de Soisy, seigneur de Soisy-sous-Mont-morency et de Versailles, au Val-de-Galie, ce qui ferait croire que la terre et seigneurie de Versailles était alors possédée par plusieurs, ou que plusieurs propriétaires en prenaient le titre. C'est à la suite de cette acquisition que fut construit, par Lemercier, le château de Louis XIII. L'achat de 1632, à l'archevêque de Paris, vint compléter le domaine ; et des ruines du vieux château féodal on fit une orangerie que Mansart fit démolir pour élever celle qu'on admire aujourd'hui.

Louis XIII, qui n'avait d'autre divertissement que la chasse, courait souvent tout le jour les forêts non battues, suivi de quelques serviteurs et d'une petite meute de chiens. En partant de Saint-Germain, dont il habitait le château neuf, qu'Henri IV, son père, avait bâti et que lui-même avait agrandi, il rencontrait souvent une éminence isolée, surmontée d'un moulin à vent, d'où l'on découvrait tout le val de Galie : Au nord, les donjons des châtelains de Rocquencourt dominant la plaine parsemée de bois et de marécages ; le bois des Nubics ou Loubies, c'est-à-dire des Spectres ou des Loups-Garous, qui, derrière le château de Rocquencourt, rejoignait la forêt de Marly. Au pied, un bois de chênes dans lequel se cachaient la chapelle Saint-Antoine et les chaumières du Chesnay, d'où s'élançait la flèche de l'église Saint-Germain, son patron. Vers l'est, à l'extrémité d'un grand étang, on découvrait Clagny et le manoir de Glatigny, sur le penchant de la colline couverte des bois de Fausses-Reposes. Près de l'étang, les bâtiments de la Maladrerie et le monticule de Montbauron, possession des Célestins ; et, au fond, le gros bourg de Montreuil. Plus à droite, l'hôtel seigneurial de Chaville, séparé du hameau de Viroflay par quelques marais. Au sud, dominé par les bois épais de Porchefontaine et des Gonards qui se liaient à ceux de Meudon, on voyait d'abord un château à tourelles, entouré de celliers et de granges, de vastes fossés alimentés par une fontaine, lequel avait été bâti par Étienne Porcher, sommelier du roi Jean. Au sud, au pied du moulin, les ruines du vieux château féodal des seigneurs de Versailles, le village et le prieuré de Saint-Julien, derrière lequel se trouvaient un cimetière et un marais recevant les eaux d'un coteau surmonté des hôtels de Satory et de Lessart, hôtels entourés de bois qui, à travers la plaine de Trappes, confinaient à ceux de Rambouillet. Enfin, à l'ouest, on découvrait des pâturages entourant le gros village de Choisy-aux-Bœufs, avec ses auberges et ses troupeaux ; sur la droite, le bourg de Trianon et son église, et, dans le lointain, la chapelle de Galie.

La route roulière de Bretagne passait alors par Saint-Cloud, Vaucresson, Rocquencourt et Villepreux. Un embranchement se détachait seul de Saint-Cloud sur Ville-d'Avray et descendait à Montreuil. La chaussée d'Auteuil et le pont de Sèvres n'existaient pas encore. Par les sentiers, il ne passait que les bestiaux destinés à l'approvisionnement de Paris ; ils stationnaient souvent à Choisy-aux-Bœufs, situé sur l'emplacement de la Ménagerie, village qui devait bientôt disparaître, comme celui de Trianon, par suite des agrandissements du Parc.

La cloche de Saint-Julien avait souvent guidé Louis XIII dans ses courses errantes. Plusieurs fois, arrivé trop tard au village pour gagner Saint-Germain, il avait dû y passer la nuit, nous avons dit d'abord dans quelles conditions. Le rendez-vous de chasse, « qu'il avait fait bâtir pour se distraire entièrement dès « affaires », lui suffit pendant quelque temps. « Jusqu'en 1630, le roi n'avait encore donné à Versailles pas « un conseil, » dit son historien, Charles Bernard ; et ses voyages à Versailles ne sont pas indiqués dans l'itinéraire des rois de France.

Mais Louis XIII affectionnait de plus en plus Versailles et y prolongeait volontiers son séjour dans la saison des chasses. Le rendez-vous devenu château s'augmenta de dépendances jusqu'à la fin de son règne. C'était un château carré, flanqué de quatre pavillons en pierres et en briques ; un balcon en fer tournait tout autour et dégageait les appartements du premier étage. Quelques moyens de défense le mettaient à l'abri d'un coup de main. Au début, ce petit édifice était environné de bois, d'étangs et de plaines dont la nature seule faisait les frais ; mais, derrière le château, on ne tarda pas à percer des allées dans le bois qui couvrait la pente de la colline au couchant. Une sorte de jardin naturel occupa d'abord la moitié environ du Parc d'aujourd'hui. Mais, après l'achat de la seigneurie de Versailles, le 8 avril 1632, moyennant 60,000 livres payées à Jean-François de Gondi, archevêque de Paris, toute la partie méridionale de la colline fut réunie aux acquisitions de 1624 et de 1627. Le Parc se composa alors de deux parties : l'une, qu'on nommait le Jardin, se terminait un peu au delà de la grande allée qui forme aujourd'hui la croix avec le Tapis-Vert ; l'autre, qui s'appelait le Parc, s'étendait jusqu'aux villages de Trianon, d'un côté, et de Choisy-aux-Bœufs, de l'autre. Jusqu'en 1638, aucun changement ne fut fait dans ce qu'on nommait le Jardin ; un bois naturel garnissait le revers de la colline jusqu'au mur d'enclos.

C'est alors que Jacques Boyceau, intendant des Jardins des Maisons royales, perça l'Allée Royale, qui devint plus tard le Tapis-Vert, dans la direction du Château ; puis, de chaque côté, les Salles-des-Marronniers, deux bosquets réguliers, formés de petites allées symétriques aboutissant à un bassin circulaire qui en occupait le centre. L'un d'eux porta le nom de Bosquet du Dauphin, « en mémoire de ce « qu'il fut formé l'année même où, après vingt-deux ans d'attente, naquit le Dauphin qui reçut le nom « de Dieudonné », et qui devait être Louis XIV. *Ces deux bosquets furent les premiers des Jardins de Versailles ;* ils sont représentés dans la collection de Perelle et sur deux gravures de Mortain. Un rond-point entouré de charmilles reçoit des petites allées convergentes, séparées par des enfoncements de verdure garnis de bancs. Au centre se trouve un bassin d'où s'élève un jet d'eau ; aucune sculpture ne le décore. C'est donc à tort que Piganiol de la Force, dans sa *Description de Versailles sous Louis XIV*, prétend que « ce bosquet a pris son nom du dauphin qui était autrefois au milieu du bassin qu'il renferme ».

Tel était le Parc de Louis XIII, bien modeste auprès de ce qu'il allait devenir. Cependant, son Orangerie, avec ses parterres, était déjà une petite merveille ; elle disparut seulement en 1681, à la fin des grands travaux de Louis XIV, et elle a été ainsi chantée par La Fontaine, dans son poème de *Psyché*, de 1669 :

Sommes-nous, dit-il, en Provence?
Quel amas d'arbres toujours verts
Triomphe ici de l'inclémence
Des aquilons et des hivers.

Jasmins dont un air doux s'exhale,
Fleurs que les vents n'ont pu ternir,
Aminte en blancheur vous égale;
Et vous m'en faites souvenir.

Orangers, arbres que j'adore,
Que vos parfums me semblent doux!
Est-il dans l'empire de Flore
Rien d'agréable comme vous?

Vos fruits aux écorces solides
Sont un véritable trésor;
Et le jardin des Hespérides
N'avait point d'autres pommes d'or.

Lorsque votre automne s'avance,
On voit encore votre printemps;
L'espoir avec la jouissance
Logent chez vous en même temps.
Vos fleurs ont embaumé tout l'air que je respire,
Toujours un aimable zéphire
Autour de vous va se jouant.
Vous êtes nains; mais tel arbre géant
Qui déclare au soleil la guerre
Ne vous vaut pas,
Bien qu'il couvre un arpent de terre
Avec ses bras.

II

Le Parc de Louis XIV.

L ouis XIV, en 1660, vint plusieurs fois à Versailles, au château que son père avait fait bâtir, pour y chasser. L'éloignement de la Cour et la tranquillité qu'il y trouvait, puis la facilité d'y donner des fêtes, l'y attirèrent. Il s'y sentait, plus qu'ailleurs, libre de ses actions, maître pour commander et se faire obéir.

Avant 1664, il s'y était parfois établi plusieurs jours de suite et il avait déjà fait des embellissements dans les Jardins. Dans un de ces séjours avec la jeune reine Marie-Thérèse, il fut même atteint d'une rougeole grave qui mit ses jours en danger.

Mais les chasses royales ne ressemblaient guère alors à celles dont les Versaillais étaient témoins sous Louis XIII. « D'un plaisir, on avait fait une cérémonie. Tout était réglé d'avance. Le Roi venait dans ses « voitures à l'endroit désigné. A son approche, les fanfares retentissaient bien plus pour lui que pour le « cerf. Quand il montait à cheval, on avait déjà donné la bête aux chiens; il n'avait qu'à épier l'endroit où « elle débuchait. Il assistait au drame avec majesté, puis il remontait dans ses voitures et rentrait au Châ- « teau, aussi magnifique et aussi tranquille que lorsqu'il en était sorti. C'est que, s'il chassait, ce n'était « pas qu'il éprouvait, comme son père, le besoin de distraire ses ennuis et de les fatiguer. »

Aussi la passion de la chasse ne fut pas le motif qui fit préférer Versailles à Saint-Germain par Louis XIV.

Si du château de Saint-Germain on apercevait les clochers de Saint-Denis, il faut reconnaître que ce spectacle ne devait guère toucher le jeune Roi.

Non, certes; mais tout ce qui lui rappelait un temps de faiblesse dans le gouvernement révoltait son âme. C'est ce qui lui rendit toujours désagréable le séjour de la Capitale, d'où il avait été obligé de sortir en fugitif dans son enfance, pendant les troubles de la Fronde. Il voulut, à son tour, sa ville et son palais.

Il ne faut pas oublier d'ailleurs, comme le dit M. Renan, dans sa *Réforme intellectuelle et morale*, que : « La « royauté en France fut plus qu'une royauté, ce fut un sacerdoce. Prêtre-Roi, comme David, le roi de « France porte la chape et tient l'épée. Dieu l'éclaire dans ses jugements. — Le roi d'Angleterre se soucie « peu de justice, il défend ses droits contre ses barons; l'empereur d'Allemagne s'en soucie moins encore, « il chasse éternellement sur les montagnes du Tyrol, pendant que la boule du monde tourne à sa guise. « Le roi de France, lui, est juste; entouré de ses clercs solennels, avec sa main de justice, il ressemble à « un Salomon. Son sacre, imité des rois d'Israël, était quelque chose d'étrange et d'unique. La France « avait créé un huitième sacrement qui ne s'administrait qu'à Reims, le sacrement de la Royauté. Le roi « sacré fait des miracles; il est revêtu d'un ordre, c'est un personnage ecclésiastique de premier rang. Au « Pape qui l'interpelle au nom de Dieu, il répond en montrant son onction : Moi aussi, je suis de Dieu ! »

Plus que tout autre, Louis XIV fut le Dieu vivant de cette religion monarchique; et ce qu'il voulut à Versailles, ce fut un temple digne d'elle et de lui.

Saint-Germain ne put lui suffire : en conservant à Versailles, au centre de ses bâtiments nouveaux, le château en briques de son père, que lui seul défendit contre son entourage, il jugea la trace de la tradition dynastique suffisante, en même temps qu'il donna un ferme témoignage de piété filiale.

Il créa donc ce Palais qu'il mit près de vingt ans à élever, à décorer, à embellir de toutes les somptuosités imaginables, ne le jugeant pas avant ce temps assez magnifique, assez fastueux, assez resplendissant. Il l'enrichit des œuvres des plus grands artistes de tous les temps. C'est là qu'on réunit les peintures, les sculptures, les ameublements, les médailles, les camées, les raretés qui devinrent le premier et le plus grand élément de richesse de nos musées nationaux.

Nous concédons volontiers qu'au commencement des embellissements et des agrandissements de Versailles, la pensée de créer le temple de la Monarchie et de fonder une ville de gouvernement ne fut cependant pas prédominante. Elle se dégage peu à peu pendant l'exécution des travaux. C'est ce qui explique bien des modifications et des transformations, particulièrement dans les Jardins, comme cela rend compte des critiques acerbes, telles que celles de Saint-Simon, par exemple, et des vives résistances que le Roi rencontra au début de ses constructions, comme celles de Colbert. Il ne faut pas oublier non plus que le spectacle des célèbres fêtes de Vaux, suivies de la disgrâce

Parc de Versailles, porte de Jouy.

et de la chute de Fouquet, avait fait connaître au jeune monarque la magnificence dans les constructions et dans les fêtes, en mettant à sa disposition des hommes de génie capables de réaliser ses rêves les plus somptueux. Là est encore une raison de la gigantesque entreprise de Versailles, qui fit souvent le désespoir de Colbert et vengea son présomptueux rival, qui n'avait pas craint d'étaler devant le Roi son ambitieuse devise : *Quo non ascendam!* Colbert voulait terminer le Louvre, et dans une lettre restée célèbre, du 20 septembre 1665, il rappelle vertement toute l'attention du Roi sur les dépenses de Versailles, « contre « cette maison, dit-il, qui regarde bien davantage le plaisir et le divertissement de Sa Majesté que sa « gloire ». Mais Louis XIV fut inflexible, et Colbert dut céder. Ce qui n'empêcha pas le Roi de dire à son architecte, trois ans avant la mort de son ministre : « Mansart, je ne veux plus bâtir ; on me donne trop de « dégoût. » Heureusement pour nous autres Versaillais, l'œuvre était trop avancée pour être abandonnée.

Aux motifs tirés des fêtes de Vaux, il convient d'ajouter que l'amour du Roi pour Mlle de La Vallière, longtemps secret et entouré de mystère, lui fit faire de fréquentes promenades à Versailles. Sous prétexte d'y visiter des constructions ou des embellissements qu'il avait ordonnés, le Roi se dérobait à la Cour pour venir à un rendez-vous qu'il avait donné ou qu'il avait reçu. Nul doute que cet amour, qui lui inspira une exaltation chevaleresque qu'il n'avait jamais montrée et un élan de grandeur qu'il ne poussa jamais plus loin, fut la première cause du développement qu'il imprima à Versailles. Les fêtes et divertissements qu'il donna en mai 1664, connus sous le nom de « Plaisirs de l'Isle enchantée », en témoignent assez. « Tout le monde, « écrit La Fontaine, a ouï parler des merveilles de ces fêtes, des palais devenus jardins, des jardins devenus « palais ; de la soudaineté avec laquelle on a créé ces magnifiques choses, qui rendront les enchantements « croyables à l'avenir. » La relation officielle de ces fêtes se trouve dans les œuvres de Molière, à la suite de *la Princesse d'Élide*, qui y fut représentée au milieu de l'Allée Royale. Neuf gravures de Sylvestre nous en ont encore conservé le souvenir. Le frontispice de cette curieuse collection représente le Château tel que Louis XIII l'avait laissé ; c'est un des plus anciens souvenirs de Versailles et de ses abords.

En 1674 et en 1678, à l'occasion de la réunion de la Franche-Comté à la France, les Jardins furent encore le théâtre de fêtes reproduites en gravures par Le Pautre et Sylvestre (chalcographie du Louvre).

Le Nôtre et ses Jardins.

Outre le peintre Le Brun, auquel on doit les dessins de la plupart des bassins et des statues qui ornent les Jardins, Louis XIV avait encore trouvé à Vaux le jardinier Le Nôtre, à qui il s'empressa de confier le Parc de Versailles pour le métamorphoser.

Au pied de la colline, il y avait un marais malsain et croupissant qu'on proposait de dessécher. Le Nôtre s'y opposa et fit rassembler les eaux là où fut creusé quelques années plus tard le Grand Canal. Puis il élargit l'Allée Royale et doubla sa longueur. Ce n'est pas sans peine, au début de son œuvre, qu'il obtint cette permission. On raconte, en effet, qu'il craignait tellement un changement de volonté, que, l'ordre royal ayant été donné dans une promenade du soir, le Roi, dès le lendemain matin, trouva l'abatis exécuté et dit en le voyant : « Le Nôtre a bien fait de prendre sur le temps. » Il paraît certain encore que le célèbre Tapis-Vert ne fut pas immédiatement semé, car il n'est indiqué sur aucun plan antérieur à 1680 et il est marqué sur les plans postérieurs. Jusqu'à cette époque, en effet, les carrosses de la Cour circulaient dans les Jardins.

Aussi, Mlle de La Vallière, comme on l'a prétendu, n'a pas joué au colin-maillard sur le Tapis-Vert, les yeux couverts du mouchoir du Roi. Mais une tradition postérieure rapporte néanmoins qu'un soir, au lieu de courir à l'aventure et de folâtrer dans les allées des Jardins, les jolies filles d'honneur de la Cour, suivies des pages du Roi et des officiers de service, essayèrent de marcher, les yeux bandés, d'un bout du Tapis-Vert à l'autre, sans toucher les allées latérales, sans franchir les bords de la longue pièce de verdure. Cependant, elles dévièrent toutes, jusqu'au dernier brin d'herbe de la bordure, et recommencèrent maintes fois leur difficile besogne; le problème de la ligne droite resta toujours à résoudre pour elles. Et c'est ainsi que le jeu des filles d'honneur est resté sur ce tapis de gazon déroulé par Le Nôtre, tout le long de l'Allée Royale. On ne joue guère sur une autre pelouse à ce colin-maillard que se transmettent les jeunes générations sans en connaître peut-être la brillante origine.

Parallèlement à l'Allée Royale, élargie et allongée, Le Nôtre perça dans le bois, de chaque côté, une allée d'environ 2 mètres de large, celle du Roi et celle des Prés ou de la Reine; puis les avenues qui encadrent les Jardins. Il coupa ensuite les trois allées perpendiculaires au Château par quatre allées transversales, ce qui lui donna douze bosquets, dont il proposa de varier les dessins et les ornements selon l'usage auquel ils seraient destinés.

Les changements qui eurent lieu plus tard consistèrent seulement dans l'ordonnance des compartiments, la masse des eaux qu'on fit venir, les bassins qu'on y creusa et les différents sujets qui y furent représentés.

Les Jardins avaient alors la dimension qu'ils ont aujourd'hui, ce qu'indiquent tous les anciens plans de Versailles. Il n'y a que l'emplacement de la pièce de Neptune qui fut ajouté vers 1680. Avant, les Jardins finissaient de ce côté, à la pièce du Dragon, derrière laquelle une grille, dans l'axe de l'Allée d'Eau, laissait apercevoir la campagne.

Le petit Parc, sous Louis XIV, outre les Jardins de Versailles, comprenait Trianon avec son palais de Flore, ses collections de fleurs et ses orangers en pleine terre ; la Ménagerie avec son charmant pavillon octogonal et ses huit cours peuplées d'animaux rares, entourée des fermes de Satory et de Galie. Sa contenance était de 2,145 hectares ; il était clos par un mur de 17 kilomètres de long et percé de huit portes.

Le grand Parc contenait les villages de Buc, de Guyancourt, de Bois-d'Arcy, de Saint-Cyr, de Fontenay-le-Fleury, de Rennemoulin, de Noisy-le-Roi, de Rocquencourt et de Bailly. Il était entouré d'un mur de 38 kilomètres de long et percé de vingt portes. Il contenait 8,165 hectares réservés aux chasses du Roi. Ici et là, en se promenant dans la campagne, on voit encore aujourd'hui les ruines ou les vestiges de ces murs et quelques portes de ce domaine vraiment royal.

Au commencement des travaux du Parc, quand Le Nôtre eut tracé ses idées sur le sol, il engagea le Roi à venir pour juger la distribution des principales parties. Il commença par les pièces d'eau qui sont sur la terrasse au pied du Château ; ensuite, il expliqua son dessein de la double rampe en fer à cheval et des terrasses de Latone. On raconte que le Roi, à chaque grande pièce dont Le Nôtre lui marquait la position et décrivait les beautés, l'interrompait en disant : « Le Nôtre, je vous donne vingt mille francs. » A la quatrième interruption, l'artiste, aussi désintéressé que Louis XIV se montrait généreux, dit au Roi d'un ton assez brusque : « Sire, Votre Majesté n'en saura pas davantage, je la ruinerais. »

C'est que la tâche de Le Nôtre fut difficile à Versailles, le sol étant accidenté et aride, de peu d'étendue relativement aux constructions projetées. Aussi, il abandonna tout ce genre florentin composé de compartiments, de parterres brodés, que François Iᵉʳ avait rapporté d'Italie ; il créa un genre architectural plus sévère et plus majestueux. A la verdure et aux fleurs, il associa le marbre, le bronze et l'or, les eaux qui jaillissent et ruissellent.

« Dans le genre de Le Nôtre, dit M. Charles Blanc, tout est préparé pour une promenade grave et so-
« lennelle. Le sol est soumis à une rigoureuse planimétrie : s'il se présente un monticule naturel, on le ré-
« gularise en terrasse, on le rachète par un perron, on le décore de balustres, de vases et de statues. Des
« lignes droites se font jour à travers les bois, en en réglant d'avance la plantation. Les courbes y sont le
« plus souvent des portions de cercles. L'eau est recueillie dans des bassins, autour desquels se rangent
« des plates-bandes symétriques ; elle est vomie par des dauphins, soufflée par des dragons, ou respirée
« par les chevaux de Neptune ; elle retombe en nappes, en gargouilles, en godrons ; elle se tamise en pous-
« sière pour plus de fraîcheur, ou bien elle jaillit en fusées, en gerbes éblouissantes, en bouquets, com-
« posant comme d'humides feux d'artifices.

« Les compartiments des parterres sont encadrés par des bordures de buis façonnées, sans doute en
« mémoire de Pline ; les grilles d'entrées et certains points qui doivent servir de jalons à la vue et à la
« marche sont marqués par des ifs découpés en figures coniques, sphériques ou pyramidales, images que
« le chancelier Bacon trouvait puériles. Les arbres sont rangés en échiquiers, ou bien ils se nivellent, ils
« se dressent en rigides murailles. De toutes parts, la végétation fournit les éléments d'une architecture
« verdoyante, et grandit sous la surveillance de la serpe et du plomb ; elle forme des portiques, des cloîtres,
« des cabinets, des voûtes de verdure, des salles de marronniers, des labyrinthes, des rues sombres, des
« grottes, au fond desquelles la pierre a été fouillée en coquillages, rongée en mousse, taillée en stalac-
« tites et en glaçons. Les dieux de la Fable se cachent dans l'épaisseur des fourrés, ou apparaissent au milieu
« des clairières ; on y découvre des faunes et des nymphes ; on y voit courir Atalante. Enfin, l'œil se re-
« pose sur des boulingrins, tantôt unis et simples, tantôt contrastés et garnis de fleurs.

« Sans doute, à en juger par le plan, les jardins de Le Nôtre présentent des images fatigantes par leur
« régularité inexorable. Si on les regarde dans les gravures, comme on les regarderait du haut d'un ballon,
« ces étoiles, ces demi-lunes, ces bassins ronds ou polygones, autour desquels viennent s'échancrer de longs
« rectangles ou de tristes carrés, ne promettent à l'esprit qu'une monotonie fastidieuse. Mais promenez-vous
« dans ces jardins, passez d'une allée obscure à un gazon frais, suivez les chemins circulaires qui obéissent
« à la courbe d'un bassin où se jouent des cygnes, où brillent des eaux jaillissantes, votre impression sera
« tout autre, parce que la perspective va masquer ce que la géométrie a d'uniforme, et que les arbres, les
« arbustes, par leur élévation différente et par les caprices de leurs feuillages, corrigeront la froideur des
« alignements et feront disparaître l'aridité du compas sans effacer pourtant l'intention de l'homme qui res-
« tera visible, bien qu'à demi voilée, au milieu des créations variées de la nature. Ces allées droites, dont

« les bords n'offraient sur le papier qu'un parallélisme glacé, nous les voyons dans le Jardin se réunir en
« fuyant, et les parallèles deviennent convergentes jusqu'à paraître se toucher à la distance où la vue se
« perd. Ces quinconces que l'on croit insipides quand la règle les a tracés, ils se colorent sur le terrain de
« clair et d'ombre ; ils se rangent en avenues qui, s'élargissant, se resserrant tour à tour, sont inégales pour
« le regard : chaque pas en remue le spectacle et le varie. De tous côtés, ces arbres alignés, mais divers
« par leur mouvement et leur ramure, ouvrent de longues échappées à la pensée de l'homme ou à ses
« rêves.

« Non, il n'a pas mérité les dédains qu'on affecte aujourd'hui pour sa mémoire, ce grand artiste qui ap-
« porta dans son art, avec la clarté de l'esprit français, un génie analogue à celui du grave Poussin ou du
« sentencieux Corneille. Ses qualités furent siennes, ses défauts lui vinrent de son siècle, et son exemple
« nous avertit de n'y point tomber. Au service de Louis XIV, il exprime le faste et l'orgueil monarchiques ;
« mais il donna dans l'abus de son art à force de se conformer au caractère d'un prince qui, toujours en
« scène, toujours roi, s'était condamné à une éternelle magnificence. Comme les courtisans de Versailles,
« les arbres de Le Nôtre durent obéir à l'étiquette ; il leur fallut subir la tyrannie du compas, de l'équerre
« et du croissant. Puis, comme il arrive toujours, les défauts de Le Nôtre furent exagérés par des imitateurs
« qui n'avaient pas son génie. Alors la nature asservie, humiliée, se vengea de la serpe et du cordeau par la
« tristesse de ses beautés méthodiques, par la solennité de ses ennuis, et, bientôt fatiguée de cette majesté
« sans abandon, les esprits en vinrent à n'aimer que le désordre, le singulier, le bizarre, l'inattendu. »

Nous n'avons pu résister au plaisir de citer cette appréciation de l'auteur de la *Grammaire des arts du
Dessin*, parce qu'elle émane d'un juge dont la compétence ne saurait être contestée et parce qu'elle donne
aux créations de Le Nôtre leur grande valeur architecturale, leur sévère et somptueuse majesté.

Le Parc est donc l'expansion du Palais. Il le prépare, l'agrandit, le complète ; et, quoi qu'on en dise,
sur le Parterre d'Eau, au-dessus du bassin de Latone, par un beau jour, le visiteur embrassant tant de merveilles se sent plus grand et plus fier que lorsqu'il contemplait, au pied de l'ancien moulin à vent, la cime
des bois se perdant à l'horizon.

Ce ne sont pas, au reste, les louanges qui manquèrent à Le Nôtre, car, de son temps même, son Parc a
été décrit en prose et en vers, chanté en vers et en prose par tous ceux qui voulaient plaire au grand Roi.
Mais cela n'altéra jamais la naïveté ni la bonhomie du jardinier, anobli et devenu conseiller du Roi. Quant
à sa probité et à sa droiture, elles le faisaient respecté par tout le monde. C'est le témoignage que lui rend
Saint-Simon, en ajoutant : « Jamais il ne sortit de son état, ni ne se méconnut ; il fut toujours parfaitement
« désintéressé ; il travaillait pour les particuliers comme pour le Roi et avec la même application. » Saint-
Simon rapporte encore qu'un mois avant sa mort, il avait près de 88 ans, Le Nôtre fut mené par le Roi
dans ses Jardins et, à cause de son grand âge, placé dans une chaise que les porteurs roulaient à côté de celle
du Roi. Et Le Nôtre disait là : « Ah ! mon pauvre père, si tu vivais et que tu puisses voir un pauvre jar-

« dinier comme moi, ton fils, se promener en chaise à côté du plus grand roi du monde, rien ne manquerait
« à ma joie. »

À ceux qui s'étonneraient de cette familiarité de Louis XIV avec ses serviteurs, nous pouvons encore citer
le fait suivant arrivé en 1678. Le Nôtre était à Rome ; le pape Innocent XI, instruit de son séjour, désira le
voir. Après les génuflexions d'usage, Sa Sainteté le fit lever et demanda à voir les plans de Versailles dont
elle avait beaucoup entendu parler. Elle ne put concevoir comment on avait pu, sans rivière, fournir à tant
de canaux, de fontaines, de cascades, de jets d'eau, etc... La conversation ayant changé d'objet : « Je ne
« crains plus de mourir, dit Le Nôtre, puisque j'ai vu les deux plus grands hommes du monde, Votre
« Sainteté et le Roi mon maître. » — « Il y a grande différence, dit le Pape : le Roi est un grand prince
« victorieux, je suis un pauvre prêtre, serviteur des serviteurs de Dieu ; il est jeune et je suis vieux. »
Le Nôtre, charmé de cette réponse qui témoignait de l'estime que le Pontife faisait de Louis XIV, saute au
cou de Sa Sainteté, l'embrasse et lui dit : « Mon Révérend Père, vous vous portez bien et vous enterrerez
« tout le Sacré-Collège. » De retour chez lui, Le Nôtre écrivit à Bontemps, premier valet de chambre du
Roi, et lui fit le détail de cette conversation. La lettre fut lue au Roi à son lever. Le duc de Créqui, qui était
présent, dit qu'il gagerait mille louis contre un que la témérité de Le Nôtre n'avait pas été jusqu'aux em-
brassements. « Ne pariez pas, lui répondit le Roi ; quand je reviens de campagne, Le Nôtre m'embrasse :
« il a pu embrasser le Pape. »

Extrait d'une tapisserie des Gobelins. — Larnie

IV

Les Francine et les Jets d'eau du Parc.

CE serait un oubli, qu'on peut reprocher à trop d'historiographes qui se sont occupés de Versailles, de ne pas parler maintenant des Francine, inventeurs des Eaux de Versailles, et, d'abord, de la célèbre Grotte de Thétis.

Originaire de Florence, l'ingénieur hydraulicien Thomas de Francine avait été amené en France, en 1600, par Catherine de Médicis; et, pendant cinquante ans, il avait été intendant général des Eaux et Fontaines de France. Son nom est resté attaché surtout à la création des merveilleuses grottes du château de Saint-Germain. Mais il mourut en 1651, et c'est à ses deux fils, François et Pierre, que furent confiés, sous Louis XIV, les embellissements hydrauliques de Versailles : François, avec le titre d'intendant de la conduite et du mouvement des Eaux; Pierre, avec celui d'ingénieur pour le mouvement des Eaux et les ornements des Fontaines. Ils étaient secondés par un maître fontainier, Claude Denis, spécialement chargé de l'entretien des tuyaux de plomb et des fontaines de Versailles, avec le titre de commandant des Fontaines et des Parcs. Ce Claude Denis était encore poète à ses heures, et il a laissé, en vers, qu'il qualifie d'héroïques, une description de toutes les grottes, rochers et fontaines du Château royal de Versailles, curieuse à consulter.

Tout d'abord, les Francine installèrent la Pompe ou Tour d'Eau à deux étages, située sur l'emplacement de l'hôtel des Réservoirs, qui puisait par un aqueduc dans l'étang de Clagny. Cette pompe servait à l'alimentation du réservoir de la *Grotte de Thétis*, cette première merveille que Louis XIV éleva auprès du château de son père.

En même temps que cette grotte, ils firent deux bosquets à surprises, trop vite oubliés! Le premier, dans lequel des jets convergents, partant des quatre angles d'un bassin, venaient se réunir au sommet d'un jet d'eau central : il se nommait le *Pavillon d'Eau;* il disparut bientôt, pour faire place à l'*Arc de Triomphe*. Le second, appelé le *Berceau d'Eau,* formait une voûte liquide composée de jets entrecroisés, sous laquelle on se promenait sans être mouillé; il fut remplacé par le *Bosquet des Trois-Fontaines*. Ces bosquets se trouvaient à droite et à gauche de l'Allée d'Eau, communément appelée des Marmousets.

Plus tard, en 1673, Pierre de Francine doubla le chapelet de la Pompe, qui reprenait l'eau des parterres pour la ramener dans le réservoir de la Grotte. C'était une façon ingénieuse d'alimenter les bassins avec l'eau qui avait déjà servi. Cela ne manqua pas d'exciter l'admiration. Le Roi était alors occupé à conquérir la Franche-Comté; prévenu par Colbert, il répondit : « Je serai très aise, en arrivant, de trouver « Versailles dans l'état que vous me mandez; si la nouvelle pompe jette 120 pouces d'eau, cela sera admi- « rable. »

C'est surtout à partir de 1669 qu'une armée d'architectes, de sculpteurs, d'artistes et d'ouvriers de toutes sortes se mettent à l'œuvre. C'est alors que les Francine vont distribuer dans le Parc leurs plus merveilleux effets hydrauliques. Les papiers de Colbert sont pleins de notes, d'ordres, de comptes rendus concernant les travaux de Versailles, comme on le voit dans l'œuvre magistrale que M. Pierre Clément a élevée à la mémoire du contrôleur général des finances, du ministre de la marine et du surintendant des bâtiments royaux. A citer encore les *Comptes des Bâtiments du Roi*, de 1664 à 1680, publiés par M. Guiffrey. Ce sont des mines inépuisables de renseignements sur Versailles.

Pour ne parler que des Jardins : le bassin de Latone, avec ses soixante et onze effets d'eau, et celui d'Apollon, au pied de l'Allée Royale, avec ses vingt-trois gerbes, reçurent leurs groupes en 1668.

En 1669, le côté Nord des Jardins fut remanié d'après les dessins de Claude Perrault, l'architecte de la Colonnade du Louvre, auquel on devait déjà les plans et dessins de la Grotte de Thétis. Son frère Charles, l'auteur des *Contes de Fées*, qui était premier commis des bâtiments du Roi, dit à ce sujet dans ses Mémoires : « Mon frère Claude fit aussi le dessin de l'Allée d'Eau qui fut entièrement exécuté. En ce

Mansart et Perrault, d'après le tableau de Philippe de Champagne.

« temps-là, le Roi laissait ordonner toutes ces choses par M. de Colbert, et ce ministre avait confiance en « nous pour l'invention des dessins qu'il y avait à faire. Il donna aussi le dessin du bas-relief qui est au- « dessous de la fontaine de la Pyramide, que M. Girardon exécuta avec encore plus d'agrément que le « dessin n'en avait. Ce bas-relief est peut-être un des plus beaux qu'il y ait eu jusqu'alors. » N'est-il pas piquant de voir l'auteur des *Contes de Fées* travaillant avec son frère aux féeries de Versailles.

En 1672, le *Marais d'Eau* fut exécuté d'après un dessin de Mme de Montespan. Il était orné, à son centre, d'un chêne vert en métal dont les branches fournissaient des jets retombants, et bordé de joncs en bronze lançant des jets entrecroisés. Il se trouvait dans un des coins de l'emplacement actuel des Bains d'Apollon.

Auprès de lui, là où existe le Rond-Vert ou des Enfants, on éleva encore une des merveilles de Versailles, le *Théâtre d'Eau*, dans lequel la décoration changeait six fois de forme : les nappes, les lances, la grille, les fleurs de lys, les petits et les grands berceaux. C'était l'œuvre de Vigarini, architecte italien, venu à Paris pour le mariage du Roi avec Marie-Thérèse.

En 1673, on dessina le fameux *Labyrinthe*, délices du Roi et de la jeune Reine, et on le garnit de trente-neuf fontaines représentant autant de fables d'Esope. Il se trouvait sur l'emplacement actuel du Bosquet de la Reine. C'est encore la même année que fut terminée la *Salle des Festins*, sur l'emplacement de l'*Obélisque*, nommé communément les Cent-Tuyaux, parce qu'il en compte deux cent trente-deux.

Dans les Allées du Roi et de la Reine, les *Fontaines des Quatre-Saisons* furent commencées en 1674 et terminées l'année suivante. Comme tous les ouvrages en plomb dans les Jardins, elles étaient autrefois dorées. Dans les ordres et règlements pour les bâtiments de Versailles donnés par Colbert, le 24 octobre 1674, on trouve à propos de ces quatre fontaines : « Pour la Cérès, il faut l'achever et ne rien « dorer qu'au mois de may. Avoir soin d'ôter toute la terre qui descend de l'allée pour empêcher que le « bord ne se gaste. — Pour la Flore, le groupe doit être relevé ; baisser le bord de 6 à 8 pouces ; faire « le modèle des guirlandes et remettre au mois d'avril pour la dorer. — Le Bacchus : baisser le bord de « 8 pouces pour le moins. — La fontaine de Saturne : le modèle résolu sera exécuté ; y travailler tout « l'hiver. » Ces détails donnent une idée du soin avec lequel Colbert présidait aux travaux de Versailles.

En 1675, l'*Isle Royale* fut entourée de son cloître de verdure et décorée de ses cascades ; elle se trouvait sur l'emplacement du Jardin du Roi. Le *Bosquet d'Encelade*, entouré de portiques de treillage, qui comptait trente-deux effets d'eau, date de la même année.

En 1676, on créa le *Bosquet de la Renommée*, qui reçut plus tard deux petits dômes de Mansart. Il était à droite en descendant le Tapis-Vert, en face de la Colonnade.

Le *Bosquet de la Salle-de-Bal*, vulgairement des Rocailles, avec ses vingt-neuf effets d'eau, est une des plus jolies créations que Le Nôtre fit exécuter à son retour d'Italie, en 1680. C'est en 1682 qu'il dessina la *Pièce de Neptune* ou *des Nouvelles Cascades de Versailles*, comme on disait alors ; car les célèbres groupes de métal, jadis bronzés, d'Adam, de Bouchardon et de Lemoyne ont été seulement mis en place sous Louis XV.

Enfin, la *Colonnade*, avec ses vingt-huit lances, a été construite sur les dessins de Mansart, en 1687, pendant un voyage de Le Nôtre en Italie. Quand ce dernier revint, Saint-Simon raconte que « le Roi le « mena dans ses Jardins où il lui montra ce qu'il avait fait depuis son absence. A la Colonnade, Le Nôtre « ne disait mot. Le Roi le pressa d'en dire son avis. — « Eh bien ! Sire, que voulez-vous que je vous dise? « D'un maçon vous avez fait un jardinier : c'était Mansart ; il vous a servi un plat de son métier. »

Cette courte énumération montre combien de chefs-d'œuvre d'hydraulique ont disparu de Versailles. Il est facile d'établir que, sous Louis XIV, il y avait dans les Jardins plus de quinze cents effets d'eau ; il n'en reste aujourd'hui guère plus de six cents.

V

Marbres et Bronzes, Vases et Statues.

Faut-il parler maintenant de tous les marbres antiques achetés en Italie pour peupler les Jardins; de tous ces modèles, de tous ces vases que maîtres et élèves ont copiés à l'Académie que Colbert avait fondée à Rome? Il suffit de nommer l'*Apollon du Belvédère*, la *Diane chasseresse*, l'*Antinoüs du Belvédère*, le *Faune à l'Enfant*, la *Vénus de Médicis*, la *Vénus accroupie*, le *Rémouleur*, la *Nymphe à la Coquille*, le *Laocoon*, le *Gladiateur mourant*, l'*Hercule Farnèse*, pour montrer que les Jardins de Versailles ont été créés pour recevoir les plus grands souvenirs de la statuaire antique.

Auprès de ces immortels chefs-d'œuvre, on ne craignit pas de placer les productions du XVIIᵉ siècle, qui fut grand aussi par sa sculpture. Certes, nous reconnaissons que, parmi toutes les statues de Versailles, il y en a dont « la beauté placide se contient au majestueux et pourrait monter dans les carrosses du Roi », comme l'a dit Théophile Gautier; mais il en est d'autres qui ont le sentiment fin, exquis, vivant, qu'on appelle je ne sais pourquoi moderne, quand il est la caractéristique d'un maître et le signe du grand art. Faut-il citer les noms de Puget, dont le *Milon de Crotone* et le groupe de *Persée et Andromède* ont disparu de l'hémicycle du Tapis-Vert pour trôner au Louvre, dans les galeries de la sculpture moderne; de Coysevox, qui a fait des chefs-d'œuvre modernes sur des chefs-d'œuvre antiques; de Girardon, auquel nous devons le groupe des Bains d'Apollon, la statue de l'*Hiver* et surtout l'*Enlèvement de Proserpine*, au milieu de la Colonnade? Faut-il nommer encore Regnaudin, Baptiste Tuby, Legros, Le Hongre, Lerambert, les frères Marsy, les frères Anguier, Raon, Mazeline, Mazières, qui ont peuplé les Jardins de Versailles, et tous ceux à qui Lebrun a fourni des dessins comme les *Quatre Saisons*, les *Quatre Parties du Jour*, les *Quatre Eléments*, les *Quatre Parties du Monde*, les *Quatre Poèmes*, les *Quatre Tempéraments*?

C'est que Lebrun était le grand ordonnateur des sculptures dans les Jardins de Versailles, comme il était le premier peintre du Roi dans le Palais. C'est lui qui a dessiné presque toutes les statues modernes avant leur exécution en marbre ou en bronze, fixé leurs dimensions, déterminé la hauteur des piédestaux; il est encore le premier auteur de tous ces groupes en plomb qui étaient dorés sous Louis XIV. Cela explique un certain air de famille entre ces créations diverses, qui ne messied pas au point de vue de l'harmonie et de la

Groupe de l'Enlèvement de Proserpine.

décoration des parterres. Seulement, tous les sujets choisis n'ont pas été disposés dans un ordre méthodique, qui eût paru fastidieux ; ils ont été dispersés, afin d'augmenter la variété.

A toutes ces statues, à tous ces vases de marbre copiés souvent sur les plus parfaits modèles antiques, il faut ajouter tous ces Fleuves et toutes ces Rivières, tous ces vases de bronze tant de fois imités, ces groupes d'enfants, en un mot, tous ces chefs-d'œuvre des frères Keller de Zurich, qui, les premiers, réussirent à couler de grandes pièces de bronze. Il faut y joindre tous ces Termes, dans leur gaine de marbre, surtout ceux des deux Salles-des-Marronniers, exécutés d'après les dessins de Poussin pour le château de Vaux et amenés à Versailles dans les bosquets du Dauphin et de la Girandole ; tout ce peuple de Dieux et de Déesses de l'antiquité, de demi-Dieux et de demi-Déesses du paganisme, des grands hommes de la Grèce, comme Socrate, Platon, Diogène, Hippocrate, Isocrate et autres ; tout ce monde de Faunes, de Satyres, de Bacchantes et de Nymphes qui se tiennent au pied des arbres, pendant que les Tritons et les Naïades se jouent sur les eaux.

Si le Palais était le temple de la Souveraine Puissance, que personnifiait la royauté sous Louis XIV, le Parc, qui le complétait, avait été créé à son image.

Quand le Roi, suivi respectueusement de sa Cour, quittait le Château en descendant le grand perron et gagnait le Parterre d'Eau, il n'apercevait de là que ses Jardins et son grand Parc, dont les bois se déroulaient à ses pieds et se perdaient à l'horizon. Au-dessous de lui, tous ces degrés de marbre, ces escaliers et ces terrasses formaient comme un immense piédestal, au haut duquel trônait Sa Majesté, ainsi placée entre le ciel et la terre.

Autour du Parterre d'Eau, les fleuves et les rivières de la France, représentés par des statues de bronze, semblaient verser leurs eaux à son service.

Au midi, le Parterre à fleurs et l'Orangerie, immense galerie flanquée de deux escaliers gigantesques, contenant les plantes des climats chauds, les myrtes, les lauriers, les orangers, lui rappelaient l'image du midi de la France.

Au couchant, les yeux plongeaient sur le Parterre de Latone, suivaient le Tapis-Vert, le Grand Canal et apercevaient dans le lointain, pendant l'été, la plaine et ses moissons jaunissantes.

La partie méridionale du Parc était surtout consacrée aux plaisirs : outre la Salle-de-Bal, la Colonnade servait de salle de concerts. Le Labyrinthe, le cloître de l'Isle royale et la Salle-des-Antiques, entourée de verdure, étaient des lieux de promenade et de gais rendez-vous. Le nord, au contraire, parlait de puissance : l'Arc de Triomphe, avec ses portiques et ses fontaines de la *Gloire* et de la *Victoire;* auprès, *le Serpent Python tué par Apollon,* et au bas du Parc, *Encelade terrassé par le maître des Dieux.*

A chaque pas, d'ailleurs, Louis XIV était déifié dans son Palais, comme dans ses Jardins. On le retrouve partout sous les traits d'Apollon, le dieu de la Jeunesse et de la Lumière. C'est l'image de celui qui avait pour devise : *Nec pluribus impar!* Au bout de la perspective du Palais, au pied du Tapis-Vert, Apollon aiguillonne ses coursiers pour montrer, comme on l'a déjà dit, la radieuse immortalité à laquelle il participe de son vivant. Dans les Bains d'Apollon, le dieu du Jour, après avoir parcouru sa carrière, se repose au milieu des Nymphes qui le servent, pendant que les Tritons pansent les chevaux du Soleil.

A Versailles, Apollon est le maître de l'Olympe. Jupiter n'y paraît qu'au second plan, près de Pluton, de Neptune et de Bacchus, comme Junon figure auprès de Flore, de Cérès et de Pomone.

Certes, quand Louis XIV, âgé et malheureux, promenait ses chagrins dans sa chaise roulante, au milieu de ce splendide théâtre de sa jeunesse et de ses beaux jours, il pouvait trouver étrange ce monde symbolique qu'il avait créé et qui était resté seul pour distraire son inamusable vieillesse. Chaque regard pouvait évoquer en lui bien des souvenirs ; et ces preuves de sa magnificence ont pu apporter parfois un allègement à ses peines. Peut-être a-t-il poussé alors des soupirs, bien bas, pour ne pas déplaire à Mᵐᵉ de Maintenon, sous l'influence de laquelle il n'eût pas créé ces merveilles, qui ont contribué à le faire nommer par l'Histoire : Louis le Grand.

LA GROTTE DE VERSAILLES

OU

Le Palais de Thétis

---•••---

I

DUE à l'imagination de Charles Perrault, l'auteur des *Contes de Fées* et le premier commis des Bâtiments sous Colbert ; dessinée et exécutée par Claude Perrault, son frère, médecin et architecte, auteur de la Colonnade du Louvre ; décrite par Félibien, historiographe du Roi, et par Mme Scudéri ; chantée par La Fontaine et reproduite par les premiers graveurs du XVIIIe siècle, la Grotte de Versailles, qu'on nommait encore le Palais de Thétis, fut la merveille des premiers embellissements de Louis XIV au château de son père.

Voici comment en parle Charles Perrault dans ses Mémoires :

« Lorsque le Roi eut ordonné la construction de la Grotte de Versailles, je songeai que Sa Majesté avait
« pris le Soleil pour devise, avec un globe terrestre au-dessous, et avec ces paroles : *Nec pluribus impar ;*
« et que la plupart des ornements de Versailles étaient pris de la fable du Soleil et d'Apollon, car on
« avait mis sa naissance et celle de Diane, avec Latone, leur mère, dans une des fontaines de Versailles où
« elle est encore ; on avait mis aussi le Soleil levant dans le bassin qui est à l'extrémité du petit Parc. Je

« songeai, dis-je, qu'à l'autre extrémité du même Parc où était cette Grotte (car elle a été démolie depuis),
« il serait bon de mettre Apollon qui va se coucher chez Thétis, après avoir fait le tour de la Terre, pour
« représenter que le Roi vient se reposer à Versailles après avoir travaillé à faire le bien de tout le monde.

« Je dis ma pensée à mon frère le médecin, qui en fit le dessin, lequel a été exécuté entièrement, savoir :
« Apollon dans la grande niche du milieu, où les nymphes de Thétis le lavent et le baignent ; et dans les
« deux niches des côtés, il représenta les quatre chevaux du Soleil, deux dans chaque niche, où ils sont
« pansés par des Tritons.

« Lorsque le Roi eut agréé le dessin, M. Le Brun le fit en grand et le donna à exécuter, sans presque
« rien y changer, aux sieurs Girardon et Regnaudin pour le groupe du milieu, et aux sieurs de Marsy
« et Guérin pour les deux groupes des côtés, où sont les chevaux pansés par les Tritons.

« Mon frère fit aussi les dessins pour tous les autres ornements de cette grotte, figures, rocailles,
« pavé, etc... Il fit encore le dessin de l'entrée : c'était un soleil d'or qui répandait ses rayons sur toute
« l'étendue des trois grilles. Il semblait que le Soleil fût ainsi dans la Grotte et qu'on le vît au travers des
« portes. »

A ces renseignements précis, on peut ajouter que l'ouverture de la Grotte étant au couchant, au moment
où le vrai Soleil allait disparaître, le soleil d'or de la grille du milieu s'illuminait, ce qui donnait l'illusion
du Soleil se retirant chez Thétis, la déesse de la Mer, dans une grotte d'architecture où étaient enfermées
les richesses marines les plus curieuses, qu'on admirait encore à cause de l'art avec lequel elles étaient
disposées.

Aussi la Grotte de Versailles fut bien vite et partout vantée.

La Fontaine la décrit en vers, au début de son poème de *Psyché* qui parut en 1669. L'immortel fabuliste y conte la lecture qu'il y fit à Molière, Racine et Boileau, à la fin de l'été de 1668, et sa description
de la Grotte rivalise d'exactitude avec celle de Félibien : « Du Château, mes amis passèrent dans les Jardins
« et prièrent celui qui les conduisait de les laisser dans la Grotte jusqu'à ce que la chaleur du jour fût
« adoucie ; ils avaient fait apporter des sièges. Leur billet venait de si bonne part, qu'on leur accorda ce
« qu'ils demandaient ; mais afin de rendre le lieu plus frais, on en fit jouer les eaux. Les quatre amis ne
« voulant point être mouillés, prièrent celui qui leur faisait voir la Grotte de réserver ce plaisir pour le
« bourgeois ou pour l'Allemand, et de les placer en quelque coin où ils fussent à couvert de l'eau. Ils
« furent traités comme ils souhaitaient, et quand leur conducteur les eut quittés, ils s'assirent autour de
« l'auteur, qui prit son cahier, et ayant toussé pour se nettoyer la voix, il commença sa lecture. »

De son côté, Mlle Scudéri commence aussi son roman de *Célanire*, paru en mars 1669, par une promenade à Versailles. Arrivés dans le Palais de Thétis, ses héros déclarent par sa plume « qu'il n'est pas
« possible, la première fois qu'on voit une si belle chose, de ne douter pas de ce qu'on voit et de s'ima-
« giner pas que c'est un enchantement. Les yeux sont ravis, les oreilles sont charmées, l'esprit est étonné,
« et l'imagination est accablée, si l'on peut ainsi dire, par la multitude des beaux objets ».

Qu'eussent été ces exclamations enthousiastes, si les groupes de marbre qu'on y plaça quelque temps
après y eussent été exposés. Alors, le dieu marin, armé d'un aviron de nacre, au-dessus de l'enfoncement
du milieu de la Grotte, tenait une urne renversée d'où sortait une grande quantité d'eau. « Il s'en formait,
« dit Mlle Scudéri, une grande nappe de cristal mobile, s'il est permis de parler ainsi, qui occupait toute la
« largeur de la Grotte, et par sa beauté, comme par son murmure, elle remplissait l'esprit d'étonnement
« et d'admiration. »

D'autres détails sont encore à retenir. Ainsi, « les orgues hydrauliques de la Grotte étaient dès cette
« époque cachées et placées de telle sorte, qu'un écho de la Grotte leur répondait d'un côté à l'autre, mais
« si naturellement et si nettement, que tant que cette harmonie durait, on croyait effectivement être au
« milieu d'un bocage où mille oiseaux se répondaient ; et cette musique champêtre, mêlée au murmure des
« eaux, faisait un effet qu'on ne peut exprimer ». — L'auteur de *Célanire* dit encore « qu'on place même
« quelquefois dans divers endroits de ce beau lieu, des orangers, des groupes de festons de fleurs qui con-
« viennent à tout le reste ; mais enfin, il paraît une si grande abondance d'eau dans cette belle grotte, qu'il
« semble que la mer en soit le réservoir ; et pour montrer qu'on en a de reste, quand on veut faire voir ces
« aimables objets d'un peu loin et qu'on a fait retirer la compagnie, mille petits jets d'eau croisés sortent à
« six pas de là et ne s'élèvent qu'autant qu'il faut pour en défendre l'entrée et non pour en ôter la vue ». —
Mais quand on explique aux visiteurs que toutes ces eaux viennent du paisible étang de Clagny qui se trouve
aux pieds des Jardins, que c'est de là que viennent ces torrents que l'art a entrepris d'élever pour le diver-

tissement du grand Roi, et quand on leur fait voir « un de ces tuyaux d'une grosseur prodigieuse par où l'eau
« s'élève d'une manière qui paraît surnaturelle à ceux qui ne savent pas jusques où s'étend la force de ces
« machines qu'on a inventées pour l'élévation des eaux et à qui semble qu'on doit savoir gré de laisser
« les rivières dans leur lit, tant il est vrai que l'art présentement sait surmonter la nature », les visiteurs
restent stupéfaits ; et on leur montre alors « tous les divers réservoirs revêtus de balustrades qui contiennent
« des fleuves entiers, s'il faut ainsi dire, et encore le petit Château (1) : là est la merveilleuse machine qui
« sert à tant de belles choses ; ils s'exclament de la grande économie de toutes ces eaux qui fait qu'il ne

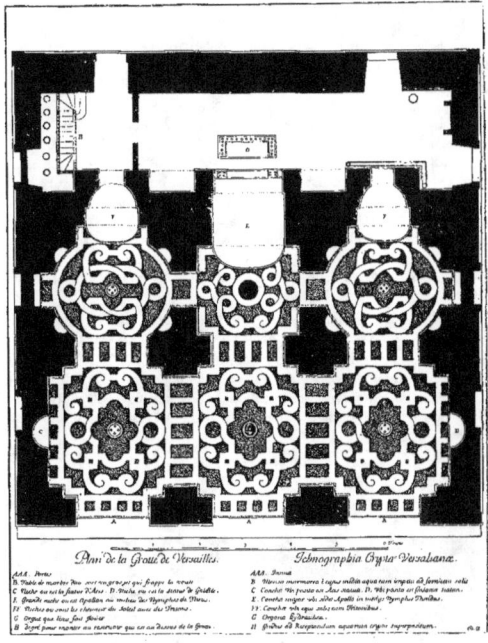

Plan de la Grotte de Versailles. Ichnographia Crypta Versaliana.

« s'en perd point, et que la même eau, qui a fait tant de miracles, s'en retourne paisiblement d'où elle est
« venue, et paraît aussi modeste et aussi tranquille qu'auparavant ».

Commencée en 1665, la Grotte de Versailles, telle que la trouve Mlle Scudéri, vient d'être terminée,
en 1668. Les groupes de marbre qu'y décrit La Fontaine furent seulement placés en 1672 ; aussi, il a soin de
dire qu'il chante la Grotte telle qu'elle est et telle qu'elle sera bientôt. — Trop peu de temps après, en 1684,
et quoique cette grotte fut une des merveilles de Versailles, Louis XIV la fit détruire, l'agrandissement du
Château rendant ce sacrifice nécessaire. Elle fit place à l'Aile du Nord, dans laquelle on fit une chapelle
qui devint le vaste salon d'Hercule, lorsqu'en 1711, la chapelle qu'on voit actuellement eut été achevée.

Dans la première édition de sa *Description sommaire du Château de Versailles*, ornée de très intéres-
santes gravures, Félibien décrit ainsi la Grotte de Thétis : « C'est un massif de pierres de taille rustiquement

(1) C'est-à-dire la Pompe ou Tour d'Eau, qui a donné si longtemps son nom à la rue de la Pompe, devenue dernièrement
rue Carnot.

« taillées par dehors, qui a dix toises en quarré, mais qui, par dedans, est enrichi, d'une manière particu-
« lière, de toutes sortes de coquilles, de congélations et de toutes les choses convenables à l'embellis-
« sement d'une grotte. Comme l'on a prétendu figurer par cette grotte le palais de Thétis, où le Soleil se
« retire après avoir fini sa course, on voit dans la niche du milieu Apollon environné des nymphes de
« Thétis, dont les unes lui lavent les pieds, les autres les mains, et les autres parfument ses cheveux. Dans
« les autres niches des côtés sont des chevaux avec des Tritons qui les pansent. Toutes ces figures sont
« d'une beauté singulière, et il y a tant de choses dignes d'être remarquées dans tout ce qui compose
« cette grotte, que cet endroit seul a donné lieu à une description particulière. »

Félibien renvoie ainsi à la description détaillée qu'il a laissée de la Grotte de Versailles, avec plan et
dessins de Lepautre, qui comprend douze pages in-folio, qu'on trouve généralement dans un Recueil des
vues et ornements de Versailles (Paris, Imp. royale, 1676).

Le préambule de cette description résume les règles de l'esthétique de l'époque : « Il y a deux sortes
« de grottes, dit Félibien, les unes sont des ouvrages de la Nature, et les autres, des ouvrages de l'Art; et
« comme l'Art ne fait jamais rien de plus beau que quand il imite la Nature, aussi la Nature ne produit rien
« de si rare que lorsqu'il semble que l'Art y ait mis la main. » Il continue en faisant observer que, dans les
grottes naturelles, le travail est fait aveuglément, sans proportion, ni symétrie. « Et bien que l'Art soit
« pauvre en soi, dit-il, comme il voit clair dans ce qu'il fait; étant conduit par la raison, il travaille avec
« ordre. Aussi, quand il imite ce que produit la Nature, il fait un ouvrage accompli en s'associant à elle. »
— « Mais on peut dire de Versailles, ajoute-t-il en terminant, que c'est là où l'Art travaille seul, et que la
« Nature semble avoir été abandonnée pour donner l'occasion au Roy d'y faire paraître par une espèce
« de création, si j'ose ainsi dire, plusieurs magnifiques ouvrages et une infinité de choses extraordinaires;
« et il n'y a point d'endroit, dans toute cette royale maison, où l'Art ait réussi plus heureusement que
« dans la Grotte de Thétis. »

Avec la description détaillée de Félibien et les vers de La Fontaine, nous allons maintenant connaître
ce merveilleux Palais de Thétis, dont on peut seulement regretter la trop courte durée.

Aux gravures de Lepautre, que nous venons d'indiquer, il faut joindre toutes celles qui sont à la
Chalcographie du Louvre, exécutées de 1672 à 1678, sans oublier un curieux ensemble de la Grotte de Versailles qui nous montre *le Malade imaginaire* représenté dans les Jardins de Versailles, devant la Grotte,
le 18 juillet 1674, dans la troisième journée des fêtes données à l'occasion du retour du Roi, après sa
glorieuse campagne de Hollande.

Les petits jets d'eau devant la Grotte de Thétis.

A l'extérieur, la façade d'entrée offre tout d'abord trois arcades fermées par des grilles. Dans le cintre de celle du milieu, le Soleil doré dont nous avons déjà parlé darde ses rayons, et dans chacune des portes des grilles, au milieu, est enchâssé un médaillon représentant le globe terrestre divisé en six parties : l'Europe, l'Asie, l'Afrique, l'Amérique, la Terre arctique et la Terre antarctique. « Il ne s'est jamais rien inventé de si à propos et de si plein d'art, » dit La Fontaine dans *Psyché*, en parlant de ces grilles.

Au-dessus d'elles sont trois grands bas-reliefs : au milieu, le Soleil descendant dans la mer ; à droite et à gauche, des Tritons et des Sirènes se réjouissant de sa venue. Puis, au-dessus de ces bas-reliefs, dans des petits médaillons, des Amours se jouent sur des Dauphins. Toutes ces sculptures sont de Girard Van Obstal de Bruxelles. Plusieurs gravures de Lepautre, de 1672, nous ont conservé ces bas-reliefs que chante ainsi l'immortel fabuliste :

> Dans l'un, le Dieu du Jour achève sa carrière.
> Le sculpteur a marqué des longs traits de lumière,
> Ses rayons dont l'éclat dans les airs s'épanchant
> Peint d'un si riche éclat les portes du Couchant.
> On voit aux deux côtés le peuple d'Amathonte
> Préparer le chemin sur des Dauphins qu'il monte.
> Chaque Amour à l'envi semble se réjouir
> De l'approche du Dieu dont Thétis va jouir ;
> Des troupes de Zéphyrs dans les airs se promènent,
> Des Tritons empressés sur les eaux vont et viennent.

A l'intérieur, la Grotte ne reçoit de jour que par les trois portes qui servent d'ouverture ; aussi semble-t-elle mystérieuse et l'air y était même frais pendant les ardeurs du jour. Aussi on venait s'y reposer, et par les arcades on apercevait les Jardins, le Parc et les collines qui l'environnent.

> Le dedans de la Grotte est tel que les regards,
> Incertains de leur choix, courent de toutes parts.
> Tant d'ornements divers, tous capables de plaire,
> Font accorder le prix tantôt au statuaire
> Et tantôt à celui dont l'art industrieux
> Des trésors d'Amphitrite a revêtu ces lieux.

L'entrée franchie, on se trouve dans un vestibule limité par trois piliers correspondant à ceux qui séparent les grilles et à ceux dans le fond, qui se trouvent entre trois enfoucements décorés de sculptures. A droite et à gauche du vestibule, se faisant face, deux niches renferment chacune une statue. Au milieu, une table de jaspe.

> La voûte et le pavé sont d'un rare assemblage :
> Ces cailloux que la mer pousse sur son rivage
> Ou qu'enferme en son sein le terrestre élément,
> Différents en couleur font maint compartiment.
> Au haut de six piliers d'une égale structure,
> Six masques de rocailles, à grotesque figure,
> Songes de l'art, démons bizarrement forgés,
> Au-dessus d'une niche en face sont rangés.
> De mille raretés la niche est toute pleine :
> Un Triton d'un côté, de l'autre, une Sirène
> Ont chacun une conque en leurs mains de rocher ;
> Leur souffle pousse un jet qui va loin s'épancher.

« L'ensemble de la décoration de la Grotte, dit Félibien, constitue un art nouveau, car on n'avait pas jusqu'alors travaillé avec une si parfaite justesse un amas aussi rare de pierres, de coquillages, de pétrifications, de nacre, de corail et de toutes sortes de croissances marines ; sans compter que l'industrie avec laquelle on les avait si bien employés surpassait beaucoup la richesse et la rareté des matériaux. » Il cite en exemple ces oiseaux et ces autres animaux figurés en coquillages dans la Grotte, et qui ont été

Vüe du fond de la Grotte de Versailles, ornée de trois Groupes de marbre blanc, qui représentent le Soleil au milieu des Nymphes de Thetis: ou chevaux pensés par des Tritons.

Prospectus Cryptæ statuariæ Versaliarum, ubi Sol inter Nymphas Thetidis, atque equi cum Tritonibus, statuæ marmoreæ exhibentur.

faits, dit-il, « d'après ceux que le Roi fait nourrir à la Ménagerie de Versailles, qui sont tous très rares et peu connus dans notre pays ».

Au fond de la Grotte, au-dessus de l'arcade du milieu, se trouve la plus importante figure en coquillages, signalée déjà par Mlle Scudéri :

> Le Dieu de ces rochers, sur une urne penché,
> Goûte un morne repos, en son antre couché.
> L'urne verse un torrent, tout l'antre s'en abreuve,
> L'eau retombe en glacis et fait un large fleuve.

Le corps de ce Dieu marin est formé de petites moulettes blanches, sa barbe est faite de petits coquillages noirs, ainsi que ses cheveux qui sont entourés d'une couronne de joncs et de branches de corail. Il tient à la main un aviron de nacre.

Les parois de la Grotte sont ornées de panneaux de coquillages formant les sculptures les plus variées : ici, des oiseaux ; là, des poissons volants et autres animaux aquatiques ; ailleurs, des paniers remplis de fruits, des cornes d'abondance renversées d'où sortent des fleurs et des fruits ; ou encore des couronnes encadrant une lyre, un arc, un carquois rempli de flèches, ou bien une javeline, un flambeau dont la flamme est représentée par plusieurs branches de corail. Des cadres d'émail bleu avec rebords jaune d'or, toujours en coquillages, entourent des miroirs séparés entre eux par des roses et des fleurs ; ailleurs, des fleurs de lys se détachent sur un fond bleu, ou des soleils formés de petites coquilles jaunes d'un lustre si vif qu'elles semblent dorées, ou encore le chiffre royal. Ajoutons, d'après Félibien, qu'au milieu du vestibule se trouvait une table de jaspe, du centre de laquelle sortait un jet d'eau qui frappait avec violence le milieu de la rosace de la voûte, où elle formait un gros champignon de cristal dont la retombée formait comme un voile d'argent ; que de chaque côté pendait un lustre de coquillages, enrichi de feuilles de nacre et de grosses perles, dont les bougies étaient un jet d'eau ; et que, de tous les piliers, l'eau était vomie par des masques et retombait en nappes et en cascades, comme le dit de son côté La Fontaine :

> Au haut de chaque niche, un bassin répand l'onde :
> Le masque la vomit de sa gorge profonde ;
> Elle retombe en nappe et compose un tissu
> Qu'un autre bassin rend sitôt qu'il l'a reçu.
> Le bruit, l'éclat de l'eau, la blancheur transparente
> D'un voile de cristal alors peu différente,
> Font goûter un plaisir de cent plaisirs mêlé.
> Quand l'eau cesse, et qu'on voit son cristal écoulé,
> La nacre et le corail en réparent l'absence,
> Morceaux pétrifiés, coquillages, croissances,
> Caprices infinis du hasard et des eaux,
> Reparaissent aux yeux plus brillants et plus beaux.

A toutes ces merveilles, il faut ajouter les sculptures de marbre blanc qui décorent les enfoncements de la Grotte, formant des niches ornées de coquillages. Le *Mercure galant* de 1672 nous apprend qu'à cette époque, le groupe d'Apollon fut terminé et placé dans la Grotte de Versailles. Mais tout d'abord, à droite et à gauche, dans le vestibule :

> Aux deux bouts de la Grotte et dans deux enfonçures,
> La sculpture a placé deux charmantes figures :
> L'une est le jeune Acis, aussi beau que le jour.
> Des accords de sa flûte inspirant de l'amour,
> Debout contre le roc, une jambe croisée,
> Il semble par ses sons attirer Galatée,
> Par ses sons et peut-être aussi par sa beauté.

Puis au fond de la Grotte, et dans l'enfoncement du milieu, sur un socle, se trouve le célèbre groupe d'Apollon servi par les nymphes de Thétis ; et à droite et à gauche, également sur deux socles et dans un enfoncement, les chevaux du Soleil pansés par les Tritons.

A cause de l'éloignement, il est plus difficile d'admirer aujourd'hui ces groupes dans le bosquet des Bains d'Apollon, qu'autrefois dans le Palais de Thétis, alors qu'ils sortaient des ateliers des sculpteurs. Félibien remarque qu'on découvre tant de légèreté dans le maintien d'Apollon, qu'il paraît à peine assis, qu'il semble se soutenir lui-même ; que dans le bas de la jambe qu'il allonge, on voit une action si aisée et si facile, qu'il n'a rien d'un homme ordinaire ; il aurait pu ajouter : et qui révèle un Dieu. Aussi chacun proclamait que « c'était ce que la sculpture était capable de faire de plus accompli » ; et quand Piganiol,

Masques de coquillages et de rocailles.

Dans la Grotte de Versailles

Laruæ varijs lapillis et conchis compactæ.

In Crypta Versaliana.

J. Chouveau Sculps. 1675

15

plus tard, les trouve sous des baldaquins de métal doré dans l'ancien Marais, il dit que c'est sous ces baldaquins de diamants qu'ils devraient être.

Quant à La Fontaine, il exprimait ainsi son admiration :

> Ce Dieu, se reposant sous ces voûtes humides,
> Est assis au milieu d'un chœur de Néréides.
> Toutes sont des Vénus, de qui l'air gracieux
> N'entre point dans son cœur et s'arrête à ses yeux.
> Il n'aime que Thétis, et Thétis les surpasse.
> Chacune en le servant fait office de grâce :
> Doris versé de l'eau sur la main qu'il lui tend ;
> Chloé dans un bassin reçoit l'eau qu'il répand ;
> A lui laver les mains Mélicerte s'applique ;
> Delphine entre ses bras tient une urne à l'antique.
> Climène près du Dieu pousse en vain des soupirs :
> Hélas ! c'est un tribut qu'elle envoie aux zéphyrs.
> Elle rougit parfois, parfois baisse la vue
> (Rougit autant que peut rougir une statue ;
> Ce sont des mouvements qu'au défaut du sculpteur
> Je veux faire passer dans l'esprit du lecteur).
> Parmi tant de beautés, Apollon est sans flamme ;
> Celle qu'il s'en va voir seule occupe son âme.
> Il songe au doux moment où, libre et sans témoins,
> Il reverra l'objet qui dissipe ses soins.
> Oh ! qui pourrait décrire en langue du Parnasse
> La majesté du Dieu, son port si plein de grâce,
> Cet air que l'on n'a point chez nous autres mortels
> Et pour qui l'âge d'or inventa des autels.

Puis passant aux deux groupes latéraux, il ajoute :

> Les coursiers de Phœbus aux flambantes narines
> Respirent l'ambroisie en des grottes voisines.
> Les Tritons en ont soin : l'ouvrage est si parfait
> Qu'ils semblent panteler du chemin qu'ils ont fait.

A tout ce merveilleux décor de coquillages et de rocailles, de sculptures, de marbres, d'effets d'eau surprenants, si l'on joint l'harmonie des orgues hydrauliques, on partage l'enthousiasme par lequel La Fontaine termine sa description :

> L'onde tient sa partie. Il se forme un concert
> Où Philomèle, l'eau, la flûte, enfin tout sert.
> Deux lustres de rocher de ces voûtes descendent,
> En liquide cristal leurs branches se répandent ;
> L'onde sert de flambeau : usage tout nouveau.
> L'art en mille façons a su prodiguer l'eau :
> D'une table de jaspe un jet part en fusée,
> Puis en perles retombe, en vapeur, en rosée.
> L'effort impétueux dont il va s'élançant
> Fait frapper le lambris au cristal jaillissant.
> Telle et moins violente est la balle enflammée.
> L'onde, malgré son poids, dans le plomb renfermée,
> Sort avec un fracas qui marque son dépit,
> Et plaît aux écoutants, puis il les étourdit.
> Mille jets, dont la pluie à l'entour se partage,
> Mouillent également l'imprudent et le sage.
> Craindre ou ne craindre pas à chacun est égal :
> Chacun se trouve en butte au liquide cristal.
> Plus les jets sont confus, plus leur beauté se montre.
> L'eau se croise, se joint, s'écarte, se rencontre,
> Se rompt, se précipite à travers les rochers
> Et fait comme alambics distiller leurs planchers.
> Niches, enfoncements, rien ne sert de refuge.
> Ma Muse est imparfaite à peindre ce déluge.
> Quand d'une voix de fer je frapperais les cieux,
> Je ne pourrais nombrer les charmes de ces lieux.

4

III

D ᴀɴs la seconde moitié du xvɪɪɪᵉ siècle et surtout pendant la Révolution, on se plaisait à répéter que pour dérober la connaissance de ses dépenses à Versailles, Louis XIV en avait jeté les mémoires au feu ; et on a réimprimé avec complaisance cette calomnie historique et bien d'autres analogues, qui devinrent des erreurs traditionnelles, jusqu'aux recherches sur les dépenses de Versailles d'Ossude et d'Eckard. Cependant, G. Marinier, commis de Mansart, dont le père avait été commis de Colbert, avait laissé « un « mémoire tiré des *Comptes des Bâtiments du Roy*, depuis et y compris 1664 que feu Colbert fut surin-

« tendant des Bastiments, jusques et y compris « 1690 que Sa Majesté les a retranchés à cause de « la guerre » ; et ce qui est encore plus curieux, c'est que tous ces comptes officiels sont paisible- ment aux Archives nationales, à la disposition de chacun.

Ces précieux documents ont même été heureu- sement publiés : le mémoire de Marinier, dans la *Collection des lettres, instructions et mémoires de Colbert*, par M. P. Clément ; les *Comptes des Bâtiments du Roi, sous Louis XIV*, par M. J. Guif- frey (Imp. nationale, à partir de 1881). Ces der- niers surtout fournissent d'intéressants renseigne- ments sur la Grotte de Versailles.

S'il n'est pas possible d'extraire de ces comptes le total des dépenses se rattachant à la Grotte, c'est qu'un certain nombre d'entre elles, comme les travaux de terrassement et de maçonnerie par exemple, sont confondues avec les travaux de même nature exécutés en même temps au Château ou à la Ménagerie. Mais on y trouve une quantité de renseignements précis, dont nous nous conten- terons de citer les principaux, renvoyant pour le reste aux sources que nous venons d'indiquer.

Les *Comptes des Bâtiments du Roi* établissent d'abord que les travaux d'édification de la Grotte commencèrent en 1665, et que celle-ci était ter- minée dans son ensemble en 1668, ce qui est d'ac- cord avec les descriptions de Mˡˡᵉ Scuderi et de La Fontaine, bien que ce dernier ait soin de dire qu'il décrit la Grotte telle qu'il la voit, mais encore telle qu'elle sera bientôt. Mˡˡᵉ Scuderi, en effet, ne parle pas des groupes de sculpture qu'y admire La Fontaine, parce qu'alors ces sculptures n'étaient pas encore achevées en marbre. Mais, dès 1666, « du 28 may au 6 octobre, disent les *Comptes*, François Girardon et Thomas Regnaudin reçurent « en cinq paiements 2,200 livres, pour leur paiement des figures qu'ils ont faites pour la grande niche de « la Grotte ». Il s'agit là du groupe qu'on va les charger d'exécuter en marbre et qui leur sera seulement soldé « le 22 novembre 1677, après des accomptes successifs commençant en 1667. Le total s'élève à « 18,000 livres, pour parfait paiement du grand groupe de marbre blanc qu'ils ont fait dans la niche de « la Grotte de Versailles ». Si nous multiplions par cinq, comme l'enseigne M. P. Clément dans son étude magistrale sur Colbert, pour avoir la valeur de cette somme au cours actuel, cela donne en monnaie d'aujourd'hui : 90,000 francs.

La belle gravure de Jean Edelinck, dessinée par Monier, représentant : « Le Soleil, après avoir achevé « son cours, descend chez Thétis, où six Nymphes sont occupées à le servir et à lui offrir toutes sortes de

« rafraîchissements, » porte la date de 1678. Apollon et les deux Nymphes qui sont à ses genoux sur le devant, et celle qui se trouve à droite, en dehors, sont dus aux ciseaux de François Girardon, de Troyes ; celles qui sont au fond, et celle qui est en face et en dehors, à gauche, sont de Thomas Regnaudin, de Moulins. — En comparant cette gravure avec le groupe, tel qu'il se trouve aujourd'hui dans la grotte du bosquet des Bains d'Apollon, on s'aperçoit que la disposition des Nymphes autour du Dieu a été modifiée : la dernière figure, placée maintenant au fond et en dehors, se trouvait autrefois à droite, à la place de la Nymphe qui porte un vase orné d'un bas-relief représentant : *le Passage du Rhin*, ce qui montre que, dans ce groupe, Louis XIV est représenté d'une manière allégorique. Les *Comptes des Bâtiments du Roi* nous apprennent que, « le 17 septembre 1678, Edelinck jeune reçut en parfait paiement 2,500 livres pour la « planche qu'il a gravée, représentant le grand groupe de marbre blanc du milieu de la Grotte de Versailles », ce qui représenterait aujourd'hui 12,500 francs.

Dans les *Comptes*, c'est seulement « le 28 novembre 1677 que les frères Marsy reçurent 14,318 livres « pour parfait paiement des ouvrages de marbre qu'ils ont faits pour la Grotte de Versailles ». Il s'agit du groupe de marbre blanc placé dans la niche de droite et représentant deux chevaux du Soleil et deux Tritons qui les pansent. Ce groupe a été gravé par Pisart, Romain, en 1676. — Le groupe de gauche, représentant les deux autres chevaux du Soleil pansés par deux Tritons, fut payé par acomptes, de 1667 à 1672, à Gilles Guérin. Le total ne s'élève qu'à 12,300 livres, bien que les deux groupes aient la même importance. C'est, sans doute, que les frères Marsy exécutèrent quelques autres travaux de sculpture dans la Grotte, car ils étaient aussi d'habiles décorateurs. Le groupe de Gilles Guérin, Parisien, a été gravé par Raudet, en 1676.

Nous pouvons ajouter, encore d'après les *Comptes*, que le 20 janvier 1674, Girardon reçut 2,000 livres, les Marsy, 1,400 livres, et Guérin, 1,400 livres, pour paiement des socles par eux faits pour leurs groupes de marbre de la Grotte.

Quant à Baptiste Tuby, le Romain, c'est « le 28 novembre 1697 qu'il reçut 7,750 livres pour parfait « paiement des ouvrages de marbre blanc qu'il a faits pour ladite Grotte ». C'est le paiement des deux statues d'Acis et Galatée ; cette somme représente 38,750 francs au cours actuel. — Ces deux statues ont été dessinées par H. Watelé et gravées par J. Edelinck ; et comme toutes les précédentes, elles se trouvent à la Chalcographie du Louvre.

Toutes ces sculptures du Palais de Thétis se sont singulièrement promenées dans les jardins de Versailles après la disparition de la Grotte. D'abord, en 1684, elles furent transportées dans le bosquet de la Renommée, comme le montre une gravure de Simonneau, dessinée par Cotelle. Puis, à cause de l'intempérie des saisons, on fit passer, en 1704, les trois groupes d'Apollon et des chevaux du Soleil dans l'ancien bosquet du Marais, où une gravure de Rigaud nous les montre sous des baldaquins de métal doré. Enfin, en 1678, M. d'Angiviller les fit placer sous la grotte qui venait d'être construite d'après les dessins de Hubert Robert, où ils sont encore. Quant à Acis et Galatée, ils sont toujours dans le bosquet des Dômes, mais bien fatigués par le temps.

Pour les sculptures extérieures de la Grotte, « le sculpteur Girard Van Obstal, de Bruxelles, reçut, du « 20 août au 3 novembre 1666, la somme de 1,000 livres, et du 2 juillet 1667 au 21 may 1668, une autre « somme de 1,440 livres pour parfait paiement des bas-reliefs faits par lui, tant à l'extérieur qu'à l'inté- « rieur de la Grotte ». — Ces travaux ont été gravés par Lepautre, de 1673 à 1676, et se trouvent à la Chalcographie du Louvre et encore à la suite de l'ouvrage de Félibien sur le *Palais de Thétis*. Il est difficile de savoir ce que ces planches furent payées, parce que Lepautre a gravé bien des sujets des Jardins de Versailles, et on n'a pas toujours spécifié dans les *Comptes* ce qui se rapporte aux précieuses gravures qui reconstituent à l'œil l'ensemble et les détails de la Grotte.

Les grilles qui fermaient extérieurement les trois arcades étaient d'un nommé Mathurin Breton, « qui « reçut pour son parfait paiement la somme de 4,520 l. 10 s., à laquelle reviennent les portes de fer qu'il « a faites pour la Grotte ». — « Du 1ᵉʳ may au 31 décembre de la même année 1668, Charles Gros reçut « 2,200 livres pour la dorure des portes de la Grotte et de plusieurs autres endroits. Puis Jacques de Lion, « nattier, le 17 mars 1668, fut payé de 233 l. 18 s. pour la natte qu'il a fourny pour boucher les trois « portes de la Grotte, et le même jour Henry, tapissier, de 245 livres pour son paiement des rideaux de « bazin qu'il a fournis pour mettre à la porte et aux croisées de la Grotte de Versailles. » Par croisées, il faut entendre sans doute les parties en arcades des trois ouvertures, puisque Félibien dit que la lumière pénétrait dans la Grotte seulement par ces ouvertures.

Les *Comptes des Bâtiments* nous apprennent encore que « c'est le 15 avril 1668 que Delaunay, rocailleur, « reçut la somme de 20,609 l. 6 s. 11 d. pour parfait paiement à quoy montent les ouvrages de rocailles « qu'il a faits à la Grotte de Versailles », ce qui nous donne la date à laquelle ces travaux de rocailles

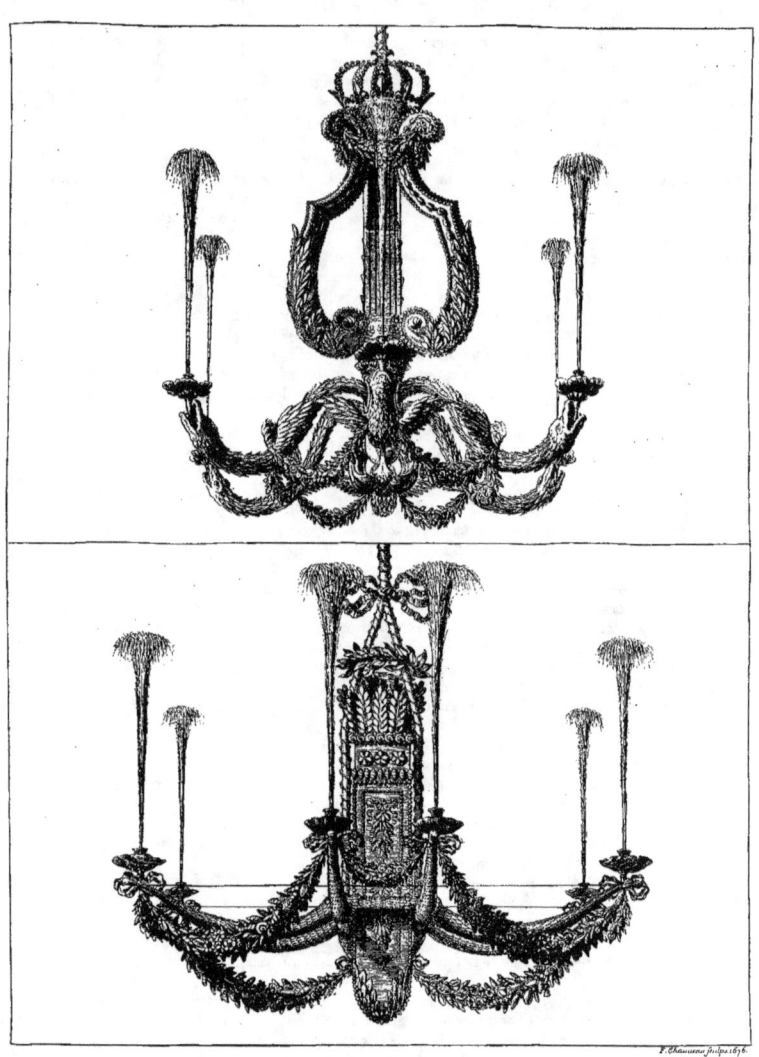

F. Chauvené sculps.1896.

Chandeliers de coquillage et de Rocailles.   Candelabra lapillis et conchis compacta.

Dans la Grotte de Versailles.   In Crypta Versaliana.

étaient terminés. Mais il ne tarda pas à retoucher son ouvrage, car la même année, dès le 28 juillet, on voit qu'il reçut 175 livres « pour avoir réparé et rétably ladite Grotte »; et, d'années en années, on trouve des sommes variables employées à l'entretien des rocailles de la Grotte, payées soit à Delaunay, soit à ses successeurs. En 1678, c'est Berthier, rocailleur, qui figure dans les *Comptes* pour une somme de 2,400 livres, « pour l'entretènement de toutes les grottes et rocailles de Versailles ». C'est que tous les ouvrages de cette nature, dont beaucoup étaient exposés aux injures des saisons, étaient fragiles et de peu de durée. C'est même ce qui explique beaucoup de transformations dans les Jardins de Versailles : au lieu de ces décorations, si à la mode alors en Italie, on substitua à Versailles, heureusement pour nous, le marbre, le bronze et le métal doré.

Notons encore que « c'est du 6 février au 1er mars 1670 que Berthier, rocailleur, reçut un accompte de

« 800 livres pour les chandeliers qu'il a faits pour la Grotte ». Il s'agit des merveilleux chandeliers gravés par Lepautre et par Chauveau.

Les quatre grandes coquilles de marbre et les quatre demi-coquilles des piliers vinrent de Cannes, où elles furent payées, en deux fois, 2,100 livres à Nicolas Pinasel, du 28 mai au 6 décembre 1666. Arrivées à Versailles, elles furent confiées au marbrier Pierre Ménard, « qui reçut en parfait paiement, du 21 juin « au 6 août 1668, la somme de 1,116 l. 3 s. pour avoir poly et mis en place les quatre grandes coquilles ». Puis, à leur sujet, nous trouvons encore une somme de 408 l. 6 s. pour avoir retaillé ces coquilles ; et enfin, du 28 janvier au 10 avril, la somme de 928 livres « pour avoir retaillé et poly les quatre demi-coquilles de la Grotte ».

Nous avons signalé des miroirs qui, à la vue, augmentaient singulièrement l'étendue de l'intérieur de la Grotte. Les *Comptes* nous apprennent que « c'est le 6 février 1669 que Pierre Choqueux, marchand miroi- « tier, reçut 2,081 livres pour son paiement de trente-neuf glaces de 20 pouces qu'il a fournies, tant pour la « Grotte de Versailles que pour les appartements ». Mais ces glaces étaient en place avant cette époque, puisque nous trouvons dans les *Comptes* que « le 28 octobre 1667, un sieur Jacques Bernard reçut la « somme de 468 l. 6 s. pour parfait paiement des bordures des miroirs qui ont été posez dans la Grotte ».

L'orgue hydraulique, qui était encore un des enchantements du Palais de Thétis, fut seulement soldé le 14 août 1673 aux héritiers du sieur Desnots, qui reçurent pour le prix de cet orgue la somme de 4,000 livres.

Mais il était déjà en place en 1667, puisque, le 24 août, Denis Jolly reçut pour son remboursement de pareille somme par lui avancée à cause du transport des orgues du sieur Desnots, de sa maison de Montmorency dans la Grotte, la somme de 240 livres ; et que, le 31 décembre de la même année, il reçut encore 165 livres plus 375 livres pour fournitures de plusieurs choses nécessaires au rétablissement desdites orgues, et enfin 381 l. 5 s. pour le paiement des ouvriers qui ont travaillé à leur rétablissement. L'année suivante, le 28 octobre 1667, Denis Jolly reçut encore 219 livres pour fournitures par lui faites pour l'achèvement complet de l'orgue de Versailles. — Pendant toutes les années qui suivirent et que dura la Grotte, des sommes d'importance variable figurent aux *Comptes* et montrent que cet orgue était d'un coûteux entretien.

Pour l'installation et l'entretien des effets d'eau de la Grotte de Thétis, les *Comptes des Bâtiments* fournissent peu de renseignements. Ils parlent seulement des tuyaux de conduite et autres fournitures qui s'y rattachent. C'est que ces effets d'eau étaient installés par les Francine, qui recevaient un traitement annuel pour les services qu'ils rendaient, savoir : le sieur Francine, intendant de la conduite du mouvement des eaux, 2,250 livres ; et Pierre Francine, ingénieur pour le mouvement des eaux et ornements des fontaines, 450 livres. Ils étaient secondés dans leur tâche par plusieurs commis fontainiers. Le premier commis était le sieur Claude Denis, qui recevait, en 1678, « pour ses gages et l'entretènement des fontaines « de Versailles », 10,000 livres ; tandis que Berthier, rocailleur, recevait 2,400 livres « pour l'entretènement « de toutes les rocailles et grottes de Versailles ».

Quand il prit sa retraite, C. Denis, pour rendre hommage à toutes les beautés de Versailles et aussi pour témoigner sa reconnaissance au Grand Roi, composa un poème qu'il qualifie d'héroïque. Son manuscrit est à la Bibliothèque Nationale et une copie se trouve à la Bibliothèque de Versailles. Il a pour titre : « Description de toutes les grottes, rochers et fontaines du Chasteau royal de Versailles, maison du Soleil et de la Ménagerie. »

Nous terminerons ce travail en citant sa description des effets d'eau de la Grotte de Versailles. Il n'est peut-être pas sans intérêt de rapprocher ses vers du fontainier de ceux de La Fontaine qui terminent la seconde partie de cette étude ; les uns et les autres professent une égale admiration :

> Là, par une agréable et savante imposture,
> L'art, pour tromper les sens, contrefait la nature,
> Et, comme il ne fait rien qui ne soit ravissant,
> Il fait croire à l'esprit son mensonge innocent.
> Là, les eaux vont au ciel, sans craindre son tonnerre,
> Par leurs jets déclarer une agréable guerre ;
> Elles semblent quitter et leur centre et leur poids,
> Leurs inclinations, et leurs pentes et leurs loix.
> Pour aller se mêler au centre des lumières,
> Elles font plusieurs jets en diverses manières ;
> Et, pour charmer l'esprit, les oreilles et les yeux,
> Ne font rien qui ne soit rare et prodigieux.
> Comme elles contrefont des orgues l'harmonie,
> Et, de leurs doux accords, toute la symphonie,
> Des oiseaux, le ramage et le gazouillement,
> On peut dire que c'est un lieu d'enchantement.

Tels sont les principaux documents qui permettent de reconstituer la célèbre Grotte de Thétis qui, malheureusement, dura à peine une vingtaine d'années et dont le nom seul, pour la plupart, est parvenu jusqu'à nous.

LES BOSQUETS DISPARUS

Des Jardins de Versailles

—— ✕ ——

INTRODUCTION

V ERSAILLES, pour le promeneur qui aime à errer dans le Parc, en admirant la profondeur des allées et les voûtes de verdure remplies en été de chants d'oiseaux, a-t-il toujours eu ces perspectives feuillues qui font aujourd'hui la gloire de ses Jardins? Louis XIV avait bien mandé, en 1677, le jardinier du prince Maurice de Nassau, qui avait, disait-on, le secret de planter de grands arbres. Celui-ci en avait mis en terre, devant le Roi, un certain nombre qu'on avait transportés à grands frais des Flandres et qui reprirent. Mais les plantations des bosquets surmontaient à peine les charmilles; et Le Nôtre, qui mourut en 1700, et le grand Roi lui-même, n'ont pas connu les beaux ombrages qui donnent à notre Parc tant de grandeur et de majesté.

C'est sous Louis XV que la végétation des avenues et des bosquets acquit toute son importance. A l'avènement de Louis XVI, la vétusté des arbres du Parc et de l'ancien Trianon était telle, que leur abatage en masse fut décidé. La nouvelle plantation fut faite par Lemoine en 1775, selon l'ancien plan de Le Nôtre; mais certains bosquets étaient dans un tel délabrement, qu'on aima mieux les supprimer que les réparer. Une double ligne d'arbres, dans les allées, fut placée en avant des charmilles, ce qui changea notablement la physionomie architecturale du parc de Le Nôtre, qui devint ainsi plus verdoyant et plus ombragé.

L'aspect du Parc, ou plutôt des Jardins de Versailles, comme on disait autrefois, a donc varié; il n'est pas ce qu'il était sous le grand Roi.

Ces transformations, ces ruines, ces bosquets disparus, sont intéressants à reconstituer avec les souvenirs qui en restent.

Si d'abord nous comparons les anciens plans, par exemple celui de la Maison royale de Versailles par Silvestre, de 1674, avec un autre plan de Silvestre de 1680, et ceux-ci avec le plan de Girard de 1714, nous voyons que les Jardins avaient autrefois la même étendue que le Parc d'aujourd'hui, que les avenues et les allées n'ont pas changé, mais que les bosquets ont subi des transformations nombreuses sans que leur périmètre ait été modifié.

Les anciennes descriptions de Versailles, comme celle de Félibien qui nous fait connaître les Jardins en 1674, et les neuf éditions successives de Piganiol de la Force, de 1701 à 1764, nous indiquent avec précision ces transformations diverses, que nous représentent encore d'anciens tableaux, surtout la curieuse collection des anciens bosquets peints par Cotelle, qui était autrefois un des ornements de Trianon et qui se trouve actuellement au Musée, dans la salle des Résidences royales. Des anciennes gravures, surtout celles du Cabinet du Roi, qui sont maintenant à la Chalcographie du Louvre, la collection de Pérelle, celle d'Aveline, et bien d'autres encore, permettent de revoir l'ancien aspect des jardins, des fontaines disparues, les bosquets autrefois célèbres.

Une promenade rétrospective, à l'aide de tous ces documents, peut donc nous faire revivre dans ce passé. Ce sera une page d'histoire locale, une curiosité historique qui peut intéresser. Nous vous y invitons, et si vous êtes surpris par le nombre des transformations survenues, il ne faut pas oublier qu'au début, Louis XIV chercha seulement à Versailles une tranquillité et une liberté relatives, un endroit propice aux fêtes qu'il voulait y donner. C'est plus tard, en effet, que commencèrent les grands travaux des bâtiments. Dans la création de Versailles, il y eut plusieurs manières, pour nous servir d'un terme d'école. Au commencement, les embellissements portèrent surtout sur les Jardins, qui furent décorés à la manière italienne, avec des architectures de treillage, des rocailles et des coquilles. Mais les intempéries des saisons causèrent rapidement de grands dommages à ces décorations; et quand Louis XIV se décida à faire de Versailles, non plus la simple résidence, mais le siège de la Royauté et une ville de gouvernement, il voulut des jardins plus durables, faits de marbre, de bronze et d'or, avec les effets d'eau les plus éblouissants.

C'est en 1662 que commencèrent les embellissements du Château de Louis XIII, pour lequel Louis XIV avait pris un goût particulier, et cela malgré tous les charmes de sa résidence de Saint-Germain, dans les terrasses de laquelle se trouvaient des grottes merveilleuses. Il n'est même pas sans intérêt d'en dire quelques mots, pour indiquer ce qui s'était fait avant les merveilles qu'on allait produire. Ainsi, sous l'une de ces terrasses se trouvaient les Grottes de Neptune et de la Nymphe, jouant des orgues par le moyen des eaux ; sous une autre, les Grottes d'Orphée et de Persée et celle dite des Flambeaux, parce qu'elle ne pouvait être vue qu'aux lumières ; dans cette dernière était un grand théâtre avec différentes décorations. Ces grottes étaient incrustées de coquillages et de pierres précieuses, ornées de figures de marbre, de lustres et de girandoles. L'eau seule faisait mouvoir des ressorts secrets qui donnaient du mouvement aux figures et leur faisait rendre des sons enchanteurs. C'était le père des Francine, à qui Louis XIV venait de confier la distribution des eaux du Jardin de Versailles et des effets hydrauliques, qui avait construit les grottes de Saint-Germain, sous Henri IV et Catherine de Médicis. En souvenir ou par imitation, Louis XIV commença par faire exécuter à Versailles la merveilleuse Grotte de Thétis.

En 1662 et 1663, une portion notable des bénéfices réalisés par Colbert furent consacrés à Versailles ; en 1664 et 1665, plus de 500,000 écus, c'est-à-dire 1,617,000 livres, y furent absorbés. Ce n'est cependant qu'en 1678 que Louis XIV signifia qu'il voulait dorénavant résider à Versailles, et c'est en 1682 qu'il vint s'y installer définitivement. Les travaux furent poussés, surtout en certains moments, avec une activité fiévreuse ; ainsi nous lisons dans le Journal de Dangeau : « Dans cette dernière semaine, on dépensa pour « Versailles 250,000 livres, et il y avait tous les jours 22,000 hommes et 6,000 chevaux qui travaillaient. » C'est en 1686 que Versailles fut considéré comme à peu près terminé.

Mais ne nous attardons pas, et commençons notre promenade à travers les bosquets disparus en entrant dans le Parc par le passage des Réservoirs, en remarquant que sur cet emplacement se trouvait jadis la Pompe ou Tour d'eau qui puisait dans l'étang de Clagny pour remplir d'abord le réservoir de la Grotte de Thétis, et ensuite les Réservoirs qui ont donné leur nom à la rue qui les borde.

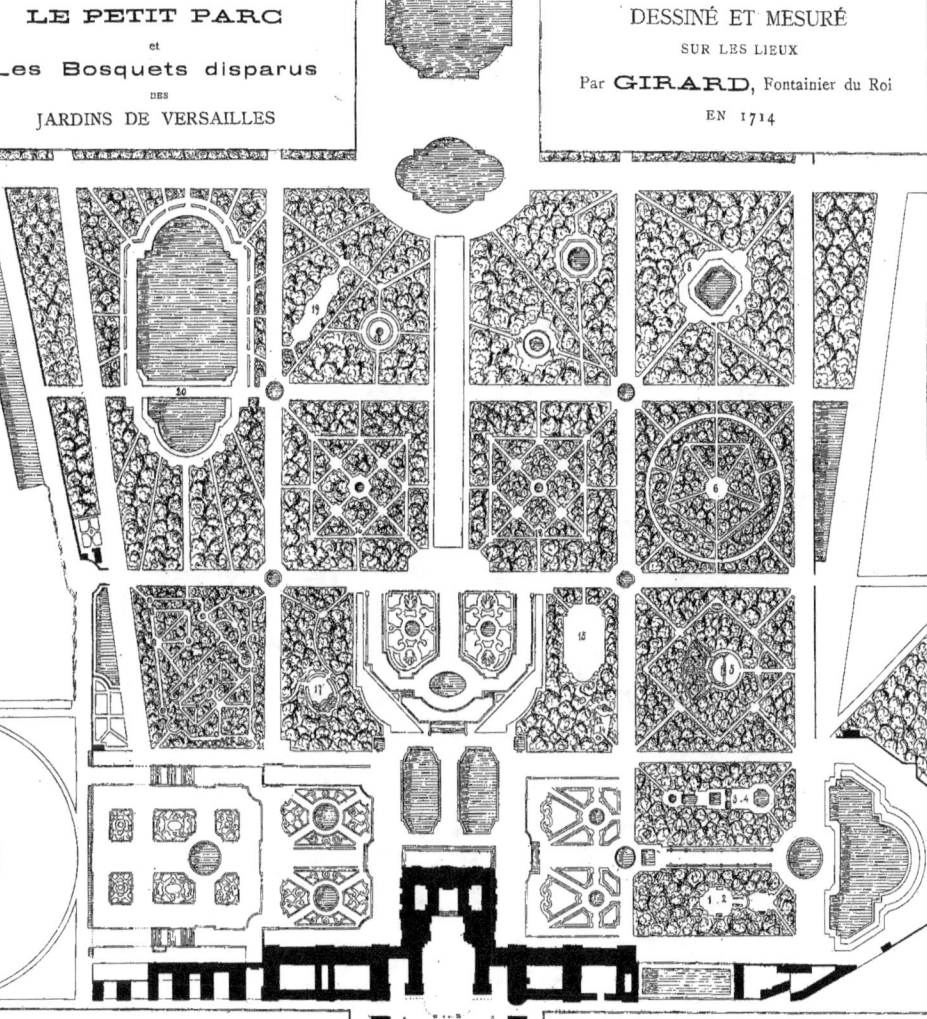

LE PETIT PARC
et
Les Bosquets disparus
DES
JARDINS DE VERSAILLES

DESSINÉ ET MESURÉ
SUR LES LIEUX
Par GIRARD, Fontainier du Roi
EN 1714

Leclerc. 1899.

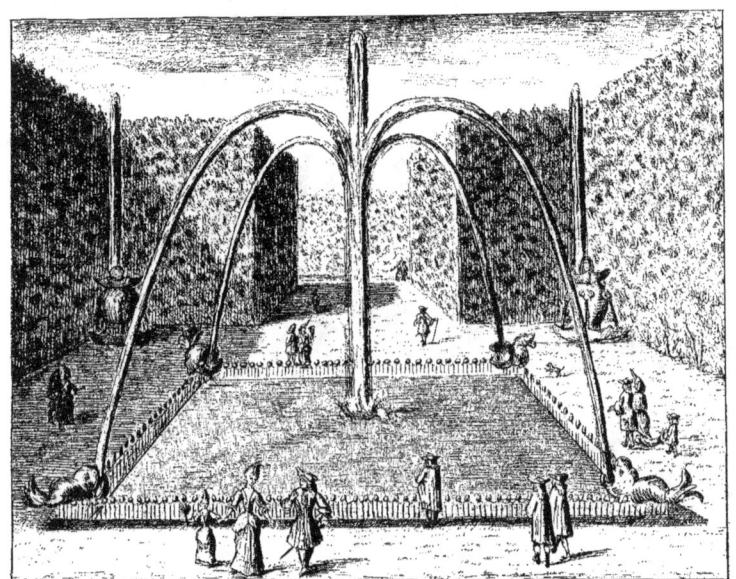

Le Pavillon d'Eau.

LES BOSQUETS DISPARUS

Des Jardins de Versailles

---✗---

I. — Le Pavillon d'Eau.

Au début des embellissements de Versailles, peu après la construction de la Grotte de Thétis, Francine créa à droite et à gauche de l'Allée d'Eau, communément nommée aujourd'hui des Marmousets, deux bosquets à surprises. Le premier, à l'entrée du Parc, fut nommé le Pavillon d'Eau. On y pénétrait par une allée percée en face de la grille actuelle du passage de l'hôtel des Réservoirs, et on en sortait par une allée qui aboutissait près du bassin du Dragon.

D'après Félibien, « au milieu d'un cabinet de verdure se trouve la fontaine du Pavillon, ainsi nommée « à cause de quatre jets d'eau qui sortent de la gueule de quatre dauphins de bronze, et qui, venant à se « rassembler par le haut au gros jet du milieu, forment ainsi une espèce de pavillon ». — Outre ce jet central, renforcé par la retombée des quatre jets venant des angles, il y avait encore dans les quatre coins de la charmille quatre autres jets verticaux s'élevant au-dessus de quatre vases posés sur des bassins. L'eau retombait de la coquille supérieure dans le bassin inférieur par quatre masques de bronze. Autour de ce cabinet de verdure, un petit labyrinthe entrelaçait ses allées dédaliennes.

Mais vers 1677, ce bosquet, sans doute trop simple et trop modeste, fut supprimé ; et d'après les dessins de Le Nôtre et de Le Brun, on commença l'exécution de l'Arc-de-Triomphe.

5

L'Arc-de-Triomphe.

II. — L'Arc-de-Triomphe.

Deux tableaux de Cotelle, dans la salle des Résidences royales, au Musée, le représentent. L'un montre dans le bas du bosquet le groupe de la France triomphante qui semble contempler un merveilleux spectacle, qui est le sujet du second tableau. De nombreuses gravures anciennes représentent ce merveilleux bosquet, tout plein d'or, de marbre, de fontaines, de nappes, de cascades, d'obélisques et de portiques, au milieu de verts ombrages et encadrés par l'émeraude des charmilles.

Piganiol décrit ainsi le groupe de la France triomphante :

« La France, vêtue d'une mante royale, ayant pour symbole un coq sur son casque et un soleil sur son « bouclier, est assise sur un char porté par des degrés de marbre blanc. Elle est entre deux figures : l'une, « appuyée sur un lion, représente l'Espagne; l'autre, assise sur un aigle, représente l'Empire. Sur le der- « nier degré, un dragon à trois têtes semble expirer, pour montrer la désunion de la triple alliance. » Les figures sont de Coysevox, de Tuby et de Prou. Le tout, dernièrement réparé, était autrefois doré et formait une fontaine, car l'eau jaillissait des cimiers, des boucliers, des gueules des animaux et des masques des degrés.

A droite et à gauche, en montant, se trouvaient les fontaines de la Victoire et de la Gloire, de Mazeline et de Coysevox, surmontées chacune d'un génie de métal doré, posé sur un globe orné de fleurs de lys, entouré de trophées et tenant une couronne d'or, à travers laquelle passait un jet d'eau partant du pied de la fontaine. Un gros bouillon d'eau retombait en nappe et en cascade sur les buffets qui supportaient les deux allégories. — Près de ces fontaines, des piédestaux de marbre rouge de Languedoc portaient sur leur face des tables de marbre noir avec le chiffre du Roi entouré de lauriers; et près d'eux, des scabellons de marbre blanc ornés de bas-reliefs remarquables. Des piédestaux surmontés de gerbes et des scabellons semblables accompagnaient tout autour les décorations principales du bosquet.

Après avoir monté six marches de marbre blanc, on traversait un glacis divisé en trois parties par des goulettes et on arrivait sur le terre-plein de l'Arc-de-Triomphe.

A droite et à gauche se trouvait alors un buffet doré à huit gradins en pyramides, dont le corps était formé par des nappes d'eau. Chaque buffet était flanqué de deux obélisques dont les arêtes étaient en fer doré et dont les faces liquides étaient obtenues par un jet vertical retombant sur des lames transversales posées à égale distance les unes des autres.

Enfin, en face et au fond se dressait l'Arc-de-Triomphe avec ses trois portiques de fer forgé, son fronton doré aux armes royales, surmonté de sept bassins et d'autant de jets d'eau retombant en cascades à droite et à gauche. Sous chacun des portiques, une gerbe jaillissait d'une vasque et retombait en nappe. Plusieurs degrés de marbre, sur lesquels couraient des nappes secondaires, conduisaient à un bassin qui servait de base à cet édifice étincelant d'or et éblouissant de blancheur pendant le jeu des eaux.

L'Arc-de-Triomphe a disparu au moment de la replantation du Parc, sous Louis XVI. Pendant un de ses séjours à Versailles, Napoléon Ier, les mains derrière le dos, contempla pensif le groupe de la France triomphante, seul vestige du bosquet de l'Arc-de-Triomphe. La gloire d'alors aurait pu relever cette apothéose de la gloire du passé.

Le Berceau d'Eau.

III. — Le Berceau d'Eau.

De l'autre côté de l'Allée d'Eau, en pendant de l'Arc-de-Triomphe, se trouve aujourd'hui un bosquet qui est retourné tout doucement à l'état de nature. Au début des embellissements de Versailles, quand on fit le bosquet à surprises du Pavillon d'Eau, on créa en cet endroit le *Berceau d'Eau*.

Sur les premiers plans de Versailles, il est représenté par un petit bois traversé dans toute sa longueur par une allée droite se bifurquant dans le bas. D'après Félibien, « cette longue allée était agréable par l'ombre « et la fraîcheur de ses arbres, et encore plus par une infinité de jets d'eau jaillissant des deux côtés, der- « rière une banquette de gazon ornée de vases de porcelaine et formant un berceau d'eau sous lequel on « se promenait sans être mouillé. Aux deux extrémités, plusieurs jets d'eau sortaient de deux gros vases « de porcelaine et formaient comme deux cabinets en pavillon ». La gravure qui représente le Berceau d'Eau accompagne la description de Félibien ; et les jets s'entrecroisaient avec une régularité si parfaite, que les promeneurs circulaient en toute sécurité sous cette ingénieuse tonnelle. Au fond, un petit pavillon orné de treillage et de sculptures, surmonté de trois petits dômes, complétait la décoration.

Mais vers 1680, on résolut de faire en cet endroit quelque chose de plus surprenant encore, et c'est alors que Le Nôtre dessina le bosquet des Trois-Fontaines.

Les Trois-Fontaines.

IV. — Les Trois-Fontaines.

Deux tableaux de Cotelle, dans la salle des Résidences royales, au Musée, représentent les Trois-Fontaines. Plusieurs gravures nous les montrent encore, prises du pied du bosquet et vues de face.

Trois bassins ou fontaines sont disposés en amphithéâtre sur des terrasses, séparées entre elles par des degrés bordés de nappes d'eau.

A la place de la gravure ci-dessus reproduite, on fit plus tard : Dans le premier bassin, octogone, un large éventail, formé par huit jets d'eau, occupant le centre, et huit autres jets verticaux s'élevant sur les bords ;

Dans le second bassin, rectangulaire, un berceau d'eau, formé par trois jets de chaque côté, s'apercevant à travers l'éventail du premier bassin. Aux quatre angles, autant de jets verticaux ;

Sur la troisième terrasse, une gerbe ou bouillon d'eau de cent quarante jets alimentant successivement les cascades.

Ce bosquet était relativement modeste, puisqu'on n'y voyait que de l'eau, des arbres et du gazon.

« Quoique toutes champêtres et naturelles, puisqu'il ne s'y trouvait aucune sculpture, les beautés des Trois-
« Fontaines ne laissent cependant pas de plaire beaucoup, » dit Piganiol de la Force. On disait encore jadis que ce bosquet était sylvestre et bocager.

Il disparut au moment de la replantation du Parc, sous Louis XVI.

Nous avons entendu dire plusieurs fois qu'il serait facile à rétablir ; que les gros tuyaux enfouis en terre sont encore en place. Combien il serait à désirer qu'il fût au moins décoré de quelques pelouses verdoyantes pour égayer ce coin triste et solitaire, exposé dès l'entrée aux nombreux visiteurs.

Le Théâtre d'Eau.

V. — Le Théâtre d'Eau.

Près du bosquet des Trois-Fontaines se trouve aujourd'hui le Rond-Vert ou Rond-des-Enfants, avec sa cuvette de verdure, son allée circulaire et ses quatre statues antiques fort endommagées. C'est là que Gaspard Vigarini, architecte italien, venu à Paris pour la direction des fêtes données à l'occasion du mariage de Louis XIV, édifia en 1672 le Théâtre d'Eau, qui disparut en 1775, lors de la replantation du Parc.

Deux tableaux de Cotelle, au Musée, dans la salle des Résidences royales, une gravure de Silvestre et une autre de Rigaud, de la Chalcographie du Louvre, et d'autres encore représentent ce bosquet.

D'après Piganiol, il se composait d'une vaste place ronde de vingt-six toises de diamètre, séparée en deux parties : l'une, environnée de marches de gazon, servait d'amphithéâtre ou de parterre ; l'autre, de théâtre ou de scène. Une cascade à deux nappes séparait le parterre de la scène ; à droite et à gauche, des gradins permettaient de monter pour approcher du jeu des eaux. Au fond, trois allées en éventail s'élevaient en perspective ascendante et contenaient chacune soixante-quinze jets d'eau pouvant changer six fois de forme au moyen d'ajutages différents et de clefs tournées en des sens divers.

La représentation commençait ordinairement par les nappes, comme dans la gravure de Silvestre. On y ajoutait les lances ou jets verticaux, comme dans la gravure de Rigaud. Les jets pouvaient encore, en s'entrecroisant, former les grilles, les fleurs de lys, puis les grands et les petits berceaux.

Dans son poème sur Versailles, le fontainier Claude Denis indique dix combinaisons qui permettaient de faire autant de décorations, quand on donnait une représentation complète au Théâtre d'Eau, savoir : les berceaux et les lances, les bouillons seuls ou les aigrettes seules, la grille seule, les berceaux avec les aigrettes, les bouillons avec les berceaux, les lances seules, les bouillons avec les aigrettes, les fleurs de lys seules, les fleurs de lys avec les berceaux, et enfin les grands berceaux.

Ces grands berceaux étaient l'apothéose de cette féerie hydraulique. Voici comme Claude Denis les décrit en vers, qu'il ne craint pas de qualifier héroïques :

Enfin les grands berceaux, pour être les derniers,
Ne cèdent point l'honneur et la gloire aux premiers.
Ce spectacle est charmant, il faut que je l'avoue,
Et durant tout le temps que le Théâtre joue,
Les décorations avecque les bassins,
Les nappes et la grille ayant les mêmes fins,
Font leurs jets différents pour nous faire paraître
Le respect et l'honneur qu'ils rendent à leur maître.

En citant ces vers, Théophile Gautier a déjà fait observer qu'ils n'avaient rien de trop courtisanesque pour le temps. « Claude Denis, fontainier du Roy, ajoute-t-il, y a pressenti cette formule respectueuse d'un « illustre académicien : Ces deux gaz vont avoir l'honneur de se combiner devant Votre Altesse. — Autre- « fois, les jets d'eau n'étaient pas moins polis que les gaz. »

Au fond de l'avenue du milieu se trouvait une fontaine de coquillages et de rocailles, surmontée du Génie de la Puissance royale ; au fond de l'avenue de droite, du Génie de la Valeur, et au fond de l'avenue de gauche, du Génie des Richesses. Sur la scène, quatre fontaines du même style étaient surmontées d'Amours jouant avec un cygne, un griphon, une écrevisse de mer, ou une lyre. — Ces sept charmantes fontaines ont été gravées par Lepautre d'une façon remarquable et se trouvent à la Chalcographie.

Le seul vestige qui reste du Théâtre d'Eau, c'est ce petit bassin de plomb au milieu duquel six enfants jouent dans une île, pendant que deux autres nagent à l'entour. Il faisait partie des dépendances du Théâtre d'Eau, comme deux Termes antiques trouvés à Besançon, *Jupiter* et *Junon*, maintenant au musée du Louvre, et encore le gracieux groupe de *Marsyas et Olympe*, placé dernièrement dans le bosquet de la Salle-de-Bal.

VI. — La Montagne d'Eau.

Au delà du Théâtre d'Eau, en se dirigeant vers Trianon, on rencontre les vestiges d'un bosquet nommé l'Etoile, dont le centre était occupé jadis par un bassin disparu depuis longtemps, qui s'appelait la Mon-tagne d'Eau. Divisé aujourd'hui en deux parties symétriques par une allée qui le traverse de part en part, il est enveloppé par une allée circulaire dans laquelle cinq allées intérieures forment un pentagone régulier. Cette étoile forme dans son ensemble une espèce de labyrinthe, ce qui a fait croire trop souvent que là se trouvait autrefois le fameux Labyrinthe aux fables d'Esope, de Louis XIV, tandis que ce dernier était sur l'emplacement du Bosquet de la Reine.

C'est dans le carrefour central de l'Etoile qu'on fit, en 1672, la Montagne d'Eau.

Un grand bassin circulaire, orné à son centre d'un massif de rocailles et de coquilles, était surmonté d'une énorme gerbe d'eau. Cinq nappes, faisant face aux cinq allées qui aboutissent au carrefour, étaient séparées par des petits massifs de rocailles et de coquilles. Une goulette circulaire enveloppante était alimentée par ces nappes. Le carrefour où était le bassin formait un salon rond, orné de treillages d'archi-tecture surmontés de vases de porcelaine remplis de fleurs. Sur ces treillages couraient des chèvrefeuilles, et dans les niches de verdure s'élevaient des jets d'eau. La palissade se continuait ainsi dans les cinq allées de l'Etoile, bordée de goulettes ou petits canaux de gazon, de coquillages et de bouillons d'eau. Une niche au bout de chaque allée était encore garnie de rocailles et de jets d'eau.

C'est ainsi que Félibien décrit la Montagne d'Eau, conservée encore par un tableau de Cotelle, au Musée, salle des Résidences royales, et par d'anciennes gravures, entre autres celle de Pérelle.

Mais, par sa structure, ce bosquet eut beaucoup à souffrir des injures du temps et les changements y furent fréquents. Ainsi Dangeau, dans son Journal, dit que, « le 28 juillet 1684, le Roi visita les fontaines « et ordonna encore quelques changements à celle qu'on appelle la Montagne d'Eau ». En 1704, le bassin disparut avec sa montagne, ses coquilles et ses rocailles. Les treillages et les niches ornées de jets d'eau furent remplacés par de simples charmilles, et depuis cette époque le bosquet ne s'appelle plus que l'Etoile. Au début, il était décoré de huit statues de marbre : *Ganymède* d'après l'antique, qui est à Florence, par Joli ; une copie de la *Vénus de Médicis ; Livie*, femme d'Auguste, et *Arthémise*, par Tuby ; au fond des allées pentagonales, on plaça : *la Comédie*, une *Bacchante* et « une quatrième statue dont le sujet est inconnu », dit Piganiol. — Les statues de *Ganymède*, d'*Uranie* et d'une *Bacchante coiffée de raisins*, sont les seules qui restent; les autres ont été remplacées par une *Minerve*, un *Mercure* et un *Apollon*. Ces détails indiquent combien de changements sont survenus dans le bosquet de l'Étoile, comme d'ailleurs dans presque toutes les autres parties du Parc de Versailles.

D'après une description manuscrite datée de 1706, intitulée : *les Beautez de l'Europe ou la Magnifi-*

La Montagne d'Eau (Bosquet de l'Étoile).

cence du Parc de Versailles, le Terme antique représentant *Jupiter*, qui a été signalé par Piganiol comme une des œuvres à admirer au Théâtre d'Eau, était alors dans le bosquet de l'Étoile.

L'auteur de la description dit aussi :

« En entrant dans le bosquet de l'Étoile, on voit un buste représentant un jeune *Mars*. Il est antique « et posé sur une colonne aussi antique. Ce buste est une des plus belles choses que l'on puisse voir. »

C'est « Berthier, rocailleur, chargé de l'entretènement des fontaines des jardins », qui exécuta la Montagne d'Eau et ses décorations, dont Claude Denis chante les merveilleux effets :

> Plus de mille jets d'eau font dans l'air une pluie
> Qui rafraîchit Junon, que le zéphyr essuie.
> Il semble que cette eau qui s'élève si haut,
> Dans son ambition plus fière qu'il ne faut,
> Veut aller s'établir dans le sein d'une nue
> Où la foudre se forme et dont elle est venue
> Pour éteindre le feu que le soleil produit.
> Dans cette région, où l'on voit tant de bruit,
> Quand cet astre brillant se réfléchit sur elle,
> Sa lumière lui donne une beauté nouvelle;
> Il forme une iris dont les vivaces couleurs
> Font croire qu'il la change en couronne de fleurs.
> De ses baisers lassée et craignant le tonnerre,
> Cette fière reprend le chemin de la terre
> Et produit en tombant dans le lit qui l'attend
> Et des grains de cristal et des nappes d'argent.

La Salle-des-Festins.

VII. — La Salle-des-Festins.

Au-dessous de l'Etoile, Félibien décrit une place d'une fort grande étendue, environnée d'arbres et revêtue tout autour de gazon, qui se nomme la Salle-des-Festins; il s'exprime ainsi :

« Longue de cinquante toises, large de quarante, son milieu est comme une isle fermée d'un fossé « d'eau, avec des parties qui avancent et reculent d'une manière toute particulière.

« Il y a quatre bassins aux quatre coins de l'isle et quatre en dehors; de chacun d'eux et du fossé « jaillissent soixante-treize jets d'eau. »

Un tableau de Martin, au Musée, dans la salle des Résidences royales, représente la Salle-des-Festins. Dans le fond, Louis XIV portant le cordon bleu, donne la main à une dame masquée et monte les degrés de l'isle.

De nombreuses gravures nous en ont aussi conservé le souvenir.

On passait dans l'isle en barque ou par deux petits ponts mus par des ressorts qui les faisaient mouvoir au gré des visiteurs.

Au pied de chaque jet d'eau, il y avait un motif de sculpture.

La salle de verdure était entourée d'arbres, en avant des charmilles, et entre chaque arbre se trouvait un if, taillé en boule ou en pyramide. Claude Denis n'a pas manqué de chanter la Salle-des-Festins :

> Des ponts, par des ressorts qui sont imperceptibles,
> Y donnent des accès qui seraient impossibles;
> Et comme ils vont trouver ceux qui la veulent voir,
> De reprendre leur route, ils ont même pouvoir.
> Là l'esprit s'est servi de cent beaux artifices
> Pour nous faire goûter d'innocentes délices :
> Les bassins, les bouillons et dans l'air leurs grands jets
> Sont les productions de ses nobles projets.

Commencé en 1671, ce bosquet, désigné encore sous le nom de Salle-du-Conseil, fut transformé en 1704, quand disparut la Montagne d'Eau, et prit le nom de bosquet de l'Obélisque.

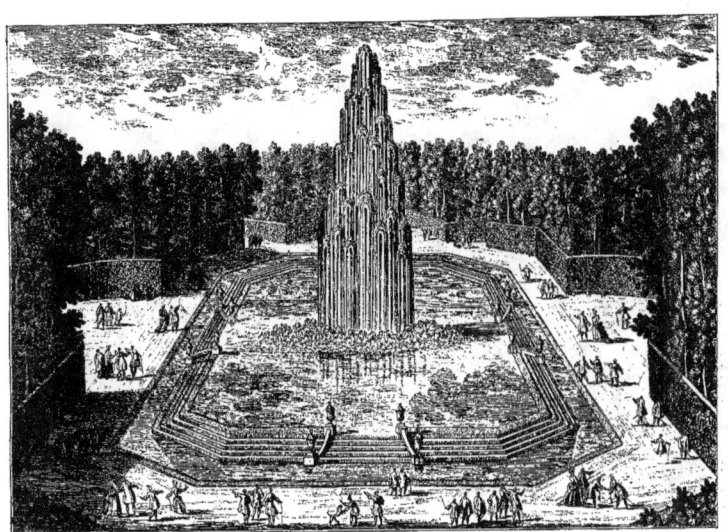

L'Obélisque.

VIII. — L'Obélisque.

Piganiol, en le décrivant, dit : « La salle de l'Obélisque a toujours 55 toises de long sur 40 de large,
« mais, au lieu de bassins, de sculptures et autres ornements qu'on y voyait, il n'y a plus au milieu qu'un
« grand bassin duquel sort un obélisque d'eau qui s'élève à 75 pieds de hauteur; et aux rampes qui
« sont aux quatre faces de ce carré long sont quatre cascades dont l'eau retombe dans le fossé de pour-
« tour. »

Dans un second tableau de Martin, au Musée, dans la salle des Résidences royales, qui représente
l'Obélisque, on voit Louis XIV dans son fauteuil à roues, dont parle aussi Saint-Simon; il est pré-
cédé des officiers de gardes et suivi de valets de pied. Des gravures anciennes représentent encore
l'Obélisque.

Cette salle existe toujours avec ses charmilles, ses beaux arbres qui ont été replantés en 1775, son bassin,
ses nappes et son canal en ceinture. Elle vient même d'être restaurée dernièrement avec un soin scrupuleux.
On la nomme communément les Cent-Tuyaux, et cependant la gerbe centrale compte 232 jets. Perdu
dans un massif, enveloppé d'arbres élevés, ce bosquet offrait jadis une retraite des plus agréables par sa
fraîcheur, sa verdure, le beau spectacle de sa haute pyramide et le murmure de ses eaux; mais à la
replantation du Parc sous Louis XVI, les allées qui le traversaient furent élargies, surtout celle en
diagonale qui se continue à travers l'Etoile; des allées latérales l'ont encore ouvert de tous côtés : ce n'est
plus un bosquet, mais une fontaine entourée d'une promenade presque toujours solitaire, où l'on peut rêver
aux beautés d'autrefois.

On remarquera, sur la gravure que nous publions, que les murs qui séparent les petits talus de verdure
des cascades sont ornés chacun de deux vases.

Lors de la restauration complète de ce bassin, sous la direction de l'architecte actuel, M. Marcel
Lambert, celui-ci s'était préoccupé de savoir si l'on devait remettre des vases aux emplacements indiqués;
mais en l'absence de documents précis, beaucoup de gravures de l'Obélisque ne reproduisant aucun orne-
ment aux extrémités des murs, l'architecte ne crut pas devoir replacer ces vases dont l'existence ne lui
parut pas suffisamment certaine.

6

L'Encelade.

IX. — L'Encelade.

Auprès de l'Obélisque, en descendant vers Trianon et au pied du Tapis-Vert, se trouve le bassin d'Encelade, qui a peu changé depuis sa création, en 1675.

La figure, quatre fois plus grande que nature, dont on n'aperçoit que la tête et le bras droit, était autrefois dorée; elle a été exécutée par Gaspard de Marsy, de Cambrai.

Le petit talus qui sépare l'allée de pourtour de l'allée en terrasses, au début, était formé de deux marches de gazon qui permettaient aux promeneurs de s'asseoir; et, de distance en distance, ces banquettes de verdure étaient ornées d'une petite fontaine.

De plus, ce bosquet était entouré d'une tonnelle de treillage percée d'arcades à intervalles réguliers du plus merveilleux effet.

Piganiol dit que la gerbe qui s'élançait de la bouche d'Encelade avait 78 pieds de hauteur; elle a encore 22 mètres aujourd'hui, 6 mètres de moins que le jet du bassin du Dragon, qui est le plus haut des fontaines du Parc.

Secondé par les Titans, Encelade, après avoir entassé Pélion sur Ossa et sur le mont Olympe, pour escalader le Ciel, fut foudroyé par Jupiter. C'est le principal épisode de cette lutte gigantesque que représente le bosquet d'Encelade. Il se trouve encore dans la salle des Résidences royales, peint par Cotelle : là, du haut d'une nuée, Jupiter lance son tonnerre sur le géant terrassé et presque enseveli sous les rochers qui l'entourent. Pour donner la raison de cette scène dans les Jardins de Versailles, on a fait observer que Louis XIV conserva longtemps un vif souvenir des troubles de la Fronde et surtout de sa fuite de Paris à Saint-Germain, pendant son enfance. Aussi voulut-il, dans le Temple de la Royauté, montrer la Toute-Puissance écrasant la Rébellion. Le serpent Python percé de flèches, dans le bassin du Dragon, aurait une signification analogue.

Le Bosquet de la Renommée.

X. — Le Bosquet de la Renommée.

En face de la Colonnade, en descendant le Tapis-Vert, dans le même carré de charmilles que l'Encelade, on créa, en 1676, un bosquet qui s'appela d'abord le Bosquet ou la Fontaine de la Renommée.

À son centre, sur un globe figurant la Terre, une Renommée de métal doré lançait par sa trompette un jet de 66 pieds de hauteur. Le globe était enveloppé de jets retombants. Le bassin à huit pans et à angles amortis par des petits balcons en saillie sur la pièce d'eau était enveloppé de balustres de marbre blanc supportant des appuis de marbre de Languedoc. La balustrade était surmontée d'un jet d'eau à chaque intersection; ces seize jets retombaient dans une goulette creusée dans les appuis, et de là, par des coquilles, en petites nappes tout autour du bassin.

Trois marches conduisaient à une terrasse séparée de l'allée de pourtour par une balustrade circulaire de marbre blanc supportée par des balustres de Languedoc, à l'inverse de la balustrade du bassin.

Puis deux petits temples en marbre blanc, de 14 à 15 pieds de longueur sur 20 de hauteur, furent construits en 1678, d'après les dessins de Mansart. Ils étaient couronnés d'un fronton enrichi de l'écu de France posé sur des trophées d'armes en bronze doré. Les socles des balustrades et des pilastres à hauteur d'appui, autour du bassin, étaient ornés de quarante-sept bas-reliefs de Girardon, Mazeline et Guérin, représentant les armes en usage chez toutes les nations.

Au fond du bosquet, six statues en marbre blanc et de petits ifs complétaient la décoration, que représente une gravure dessinée par Silvestre en 1682.

Les *Comptes des Bâtiments du Roi*, sous Louis XIV, fournissent de nombreux renseignements de détail sur la création des anciens bosquets disparus; mais, pour chacun de ces bosquets, on ne peut arriver à un total, des dépenses étant souvent soldées aux ouvriers ou aux artistes en même temps pour plusieurs ouvrages. Pour le bosquet de la Renommée, nous pouvons cependant en détacher quelques chiffres. Ainsi les fouilles du bassin, faites en 1676, ont coûté 548 livres; cent cinquante balustrades de marbre blanc ont été payées la même année 3,000 livres. En 1677, la dorure de la balustrade de fer de la fontaine de la Renommée a coûté 7,677 livres pour parfait paiement. Le modèle du piédestal de la Renommée a été soldé seulement en 1678, à Marsy, 400 livres, et le modèle de la figure, en 1679, 1,800 livres. Ce sculpteur, en 1676, avait reçu 1,600 livres pour le modèle de la figure d'Encelade. — Pour plus de détails, nous renvoyons ceux que cela intéresse aux *Comptes de Colbert (1664-1680)*, publiés par M. Guiffrey, en 1881, à l'Imprimerie nationale.

Les Dômes.

XI. — Les Dômes.

Le 6 juillet 1684, Dangeau dit dans son Journal : « Le Roi se promenant à ses fontaines, ordonna qu'on « ôterait celle de la Renommée, voulant, en cet endroit-là, faire encore quelque chose de magnifique. » La Grotte de Thétis venait de disparaître à cause de la construction de l'aile du Nord du Palais ; aussi fut-il décidé que le groupe d'Apollon servi par les Nymphes, que les chevaux du Soleil pansés par les Tritons, ainsi que les statues d'Acis et de Galatée qu'elle renfermait, seraient transportés dans le bosquet de la Renommée, qui prit alors, et jusqu'à nouvel ordre, le nom de bosquet des Bains d'Apollon. Il fut entouré d'un treillage avec enfoncements pour recevoir des statues. Un tableau de Cotelle et une gravure de Simonneau jeune, de 1688, représentent cette disposition.

C'est en 1704 que les groupes d'Apollon servi par les Nymphes et des chevaux du Soleil, trop exposés aux injures de l'air, furent transportés dans le bosquet actuel des Bains d'Apollon, et l'ancien bosquet de la Renommée, devenu pendant vingt ans le bosquet des Bains d'Apollon, prit alors le nom de bosquet des Dômes, qu'il a toujours conservé depuis.

Une jolie gravure de Rigaud, sous Louis XV, le montre complètement : avec ses deux petits temples, ses décorations, ses huit statues de marbre, son jet de 66 pieds de haut et tous ses jets d'eau des balustrades, dont la retombée entoure le bassin d'une nappe circulaire éblouissante, il faisait un digne pendant à la Colonnade. Depuis 1820, il était en ruine ; il est heureux qu'on ait songé à le rétablir dans ces dernières années, et cela avec le soin le plus merveilleux.

Après l'enlèvement du groupe d'Apollon servi par les Nymphes et des chevaux du Soleil pansés par les Tritons, huit statues encadrèrent le pourtour du bassin des Dômes. Les voici d'après Piganiol : La première à main droite en entrant était *le Point du Jour*, par Gros : il tient un flambeau et un hibou est à ses pieds. La seconde figurait *Ino*, avec un aviron et un vaisseau à ses pieds, par Rayol. La troisième, le berger *Acis*, jouant de la flûte pour attirer Galatée, par Tuby, venant comme *Galatée* de la Grotte de Thétis. La quatrième montrait *Flore*, par Manière. La cinquième, une *Nymphe* de Diane, portant des filets et caressant un lévrier, par Flamen de Saint-Omer. La sixième était *Galatée*, par Tuby, dont nous venons de parler. La septième, *Amphitrite*, avec une écrevisse dans la main et un dauphin à ses pieds, d'après les Anguier. Enfin la huitième, *Arion* jouant de la lyre, était de Raon.

Le Bosquet du Dauphin.

XII. — Le Bosquet du Dauphin.

L'emplacement des deux Salles-des-Marronniers, ou quinconces du Nord et du Midi, a été occupé jadis par les deux plus anciens bosquets de Versailles. En 1638, en effet, Louis XIII fit faire par Boyceau des percées dans le Parc. Au milieu, l'Allée Royale, moitié moins longue et moins large que le Tapis-Vert; et, de chaque côté, deux bosquets réguliers, formés de petites allées symétriques se rendant à un bassin circulaire qui en occupait le centre. Le bosquet du Nord venait d'être terminé quand la Reine accoucha, le 5 septembre 1638, à Saint-Germain. Pour conserver à Versailles le souvenir de la naissance de ce fils désiré, Louis XIII donna à ce bosquet le nom de bosquet du Dauphin. C'est donc à la naissance de Louis XIV qu'il doit son nom; et c'est à tort que Piganiol, dans sa *Description de Versailles*, dit et répète, dans ses éditions successives, que ce bosquet a pris son nom d'un dauphin qui était autrefois au milieu du bassin qu'il renferme.

Une vieille gravure de chez Mortain, à Paris, pont Notre-Dame, représente l'intérieur de ce bosquet : au centre, un bassin sans sculpture d'où s'élève un jet d'eau. Dans le carrefour circulaire, entouré d'arbres et de charmilles, aboutissent de petites allées symétriques.

Plus tard, sous Louis XIV, le pied du jet d'eau fut orné d'un piédestal supportant un petit bassin dont les bords étaient de pierres congelées de différentes couleurs; plus tard encore, ces rocailles furent remplacées par un Faune antique de marbre blanc, « qui semblait rire en se mirant dans l'eau » (Piganiol).

C'est en 1775, au moment de la replantation du Parc, que le bosquet du Dauphin disparut et fut planté en quinconce, avec des marronniers au centre et des tilleuls aux quatre angles. Quant aux Faunes de marbre blanc qui se trouvent autour de la pelouse et du gazon central, ils ont été exécutés d'après les dessins de Poussin, et ils étaient primitivement destinés au château de Vaux. Après la disgrâce de Fouquet, le Roi les fit amener à Versailles et placer dans les carrefours du bosquet du Dauphin et de la Girandole, où ils sont toujours restés.

Le Marais.

XIII. — Le Marais.

Pendant les grands travaux de Versailles, chacun s'évertuait à composer des dessins pour la décoration des Jardins. Parmi les vieilles gravures, on en trouve même qui n'ont pas été exécutés. Voulant rivaliser avec les artistes, dès le début, en 1671, Mme de Montespan fit, un soir, le dessin d'un bosquet qui ne révèle pas une imagination très inventive; mais ceux qui l'exécutèrent le rendirent très intéressant par les détails qu'il renfermait.

Il s'appela le Marais ou le bosquet du Chêne-Vert. Un tableau de Cotelle, au Musée, et une gravure de Silvestre le représentent. C'est un marais artificiel entouré de joncs d'airain, au centre duquel s'élève un chêne vert en métal, versant de l'eau par ses principales branches. Aux quatre coins, des cygnes dorés, « qui semblent avoir fait leurs nids dans les roseaux », dit Félibien, jettent une quantité d'eau considérable.

Aux deux extrémités, sur une grande table ovale de marbre blanc, une corbeille de métal doré est remplie de fleurs peintes au naturel. Le jet d'eau qui s'en élève retombe dans la corbeille et s'y perd sans mouiller la table, autour de laquelle se faisaient souvent des collations. Sur les côtés, dans des enfoncements, on ajouta des crédences ou buffets en marbre blanc et rouge, sur lesquels, par des ajutages divers, l'eau sortait en formant des vases, des aiguières, des verres, des carafes, « qui paraissaient être de cristal de roche garni de vermeil doré », dit encore Félibien.

Malappris eût été jadis celui qui n'eût pas trouvé toutes ces choses merveilleuses; et cependant, le Marais ne survécut guère à Mme de Montespan.

Les Bains d'Apollon.

XIV. — Les Bains d'Apollon.

Trouvant le groupe d'Apollon servi par les Nymphes et les chevaux du Soleil pansés par les Tritons trop exposés dans le bosquet des Dômes, on les emmena en 1704 dans le bosquet du Marais, transformé, mais non agrandi, car il avait toujours 12 toises de longueur sur 8 de largeur, d'après Piganiol ; et ce bosquet fut dès lors dénommé : les Bains d'Apollon.

Les trois groupes furent couverts par autant de baldaquins, d'où pendait une campane portée par des colonnes : six pour le groupe principal et quatre pour chacun des groupes de côté. Ces baldaquins étaient de métal doré ; « mais, quoique magnifiques, ils ne répondaient pas, dit encore Piganiol, à l'excellence d'un ouvrage qui mériterait d'en avoir de diamants » ; la sculpture en était de Magnier, Le Moine, Frémin et plusieurs autres. Cette remarque montre en quelle estime les groupes d'Apollon et des chevaux du Soleil étaient toujours depuis leur départ de la Grotte de Thétis. Le socle était orné de masques qui répandaient de l'eau dans un bassin qui enveloppait toute la décoration.

Le reste du bosquet des Bains d'Apollon devint alors plus simple qu'au temps du Marais ; les célèbres buffets qui se trouvaient à droite et à gauche du Chêne-Vert disparurent, leur place seule resta indiquée par un enfoncement dans la charmille. Les vases de fleurs, les ifs taillés en boules ou en pyramides furent remplacés par des rangées de jeunes ifs qui garnissaient les enfoncements réguliers du pourtour. En face du groupe principal d'Apollon servi par les Nymphes, à l'autre extrémité du bosquet, une vaste table ovale était toujours réservée pour les visiteurs, qui pouvaient s'y réunir pour des collations ; mais sa curieuse corbeille de métal doré avait disparu.

Certes, par ses dimensions comme par sa disposition, le bosquet des Bains d'Apollon ne ressemble en rien à celui d'Hubert Robert, avec la grotte sauvage que nous admirons aujourd'hui. On peut remarquer cependant que, sous cette dernière transformation, les groupes ont perdu beaucoup de leur importance à cause de l'éloignement, et que Le Nôtre ou Mansart n'eussent jamais conçu un semblable projet. C'est un bosquet paysager, produit de la réaction qui se fit au XVIIIe siècle contre les jardins d'architecture, contre la tyrannie de l'équerre et du croissant. Aussi, par son contraste même, le bosquet actuel des Bains d'Apollon étonne et ravit dans les Jardins de Versailles, plus peut-être là que s'il existait ailleurs.

Le Bosquet et Jardin du Dauphin.

XV. — Le Bosquet et Jardin du Dauphin.

Sous Louis XIV, au-dessous du Marais, se trouvait, enclos par des charmilles formant comme une espèce de bosquet, un espace au centre duquel on déposait, pendant l'hiver, les nombreux vases de porcelaine qui ornaient, pendant la belle saison, les margelles des fontaines, certains bosquets et un grand nombre d'allées dans les Jardins. C'est là que, sous Louis XV, en 1736, Gabriel, contrôleur des Châteaux et Jardins de Versailles, fit exécuter, dans la partie basse du bosquet actuel des Bains d'Apollon, un jardin particulier pour servir à l'amusement du Dauphin, qu'on nomma encore le *Petit Bosquet* ou Bosquet et Jardin du Dauphin.

C'est dans la septième édition de Piganiol de la Force que nous avons trouvé la description, le plan et la gravure que nous reproduisons ; elle date de 1738. Dans l'édition suivante de 1751, on parle bien du Bosquet et du Jardin du Dauphin, mais les gravures n'existent plus, de même que dans la neuvième et dernière édition.

« Ce bosquet, contigu à celui des Bains d'Apollon, dit Piganiol, était resté jusqu'en 1736 le plus
« simple et le plus rustique des bosquets des Jardins de Versailles. Du vivant de Louis XIV, on avait plu-
« sieurs fois formé le dessein de l'orner comme les autres, mais on s'en était tenu aux projets, et il n'y en
« avait eu aucun d'exécuté, ni même d'arrêté. C'est en 1736 qu'on résolut d'y faire un jardin particulier
« pour servir à l'amusement du Dauphin, et c'est le sieur Gabriel, contrôleur du Château et des Jardins de
« Versailles, qui en fit un dessin très élégant qu'on mit aussitôt à exécution.

« La figure de ce bosquet est celle d'un fer à cheval ou terrasse circulaire à deux rampes en pente
« douce. Dans le vide de ce fer à cheval, on a tracé un parterre, et dans le rond-point, on a bâti un pavillon
« octogone, dans lequel est un grand salon, accompagné d'une garde-robe et d'un petit logement pour le
« concierge. La cheminée de ce salon est ornée de marbre précieux, et l'on a placé au-dessus du cham-

« branle une très belle glace et le portrait du Roi. Du milieu de ce salon pend un grand lustre de cristal de
« roche, et dans les angles sont des cartouches dans lèsquels on a représenté des jeux d'enfants. Les murs
« de cette pièce sont couverts d'un lambris de revêtement, verni et relevé par la délicatesse et la beauté de
« la sculpture. — La garde-robe est pavée

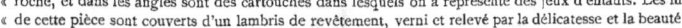

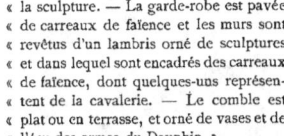

« de carreaux de faïence et les murs sont
« revêtus d'un lambris orné de sculptures
« et dans lequel sont encadrés des carreaux
« de faïence, dont quelques-uns représen-
« tent de la cavalerie. — Le comble est
« plat ou en terrasse, et orné de vases et de
« l'écu des armes du Dauphin. »

Ce pavillon, ainsi que tout le bosquet,
était du dessin de *Gabriel*, et l'exécution
des frères *Thévenin*. Les peintures extérieures dont il était orné étaient de *Desozier*.

En outre, à droite et à gauche du pavillon, se trouvaient deux magnifiques volières, et les paysages qui les décoraient
étaient de *Francisque*. Sur la même ligne
que les deux volières, on avait placé deux
statues en pied, de marbre blanc, posées
sur des piédestaux de marbre de Languedoc ; c'étaient les portraits du Roi et de la
Reine sous les figures allégoriques de Jupiter et de Junon : la première était de
Coustou l'aîné, et la seconde, de *Coustou
le jeune*.

« L'excellence de ces deux artistes, dit
« Piganiol, fait l'éloge de ces deux statues.
« Elles venaient des jardins du château de
« Petit-Bourg, où elles étaient primitive-
« ment. »

Le parterre, en face du pavillon, était
orné à son centre d'un bassin entouré d'une
balustrade de fer artistement travaillée ; au
milieu, un enfant, à cheval sur un dauphin,
jetait de l'eau : il était de *Rousseau*, ainsi
qu'une fontaine ou cascade de rocailles qui
décorait un des coins du bosquet. Dans le
bassin s'ébattaient des canards étrangers
d'un beau plumage et vivaient des tortues
d'eau. Dans les parterres, des tortues de
terre se nourrissaient des légumes que le
Dauphin avait semés dans les plates-bandes.

Le *Petit Bosquet* fut absorbé, en 1778, par l'extension donnée au bosquet des Bains d'Apollon et par la
construction de la grotte rustique de Hubert Robert, qu'on admire encore aujourd'hui.

En bas, à la sortie du Jardin du Dauphin, sous Louis XV, on se trouvait en face du Bosquet du Dauphin
de Louis XIII, fermé de ce côté par un cloître en charmille, comme celui de la Girandole qui lui faisait
face, de l'autre côté de l'hémicycle du Tapis-Vert. Les enfoncements de ce cloître de verdure recevaient
les Termes que nous admirons encore aujourd'hui, en bordure des deux quinconces de marronniers du Nord
et du Midi ; entre ces Termes, des ouvertures cintrées donnaient accès dans les deux bosquets.

Le Bosquet de la Girandole.

XVI. — Le Bosquet de la Girandole.

A la place de la Salle-des-Marronniers ou quinconce du Midi, là où se tiennent les concerts du Parc, se trouvait, avant 1775, le bosquet de la Girandole, qui faisait pendant au Bosquet du Dauphin. Il lui était en tout semblable sous Louis XIII, comme le montre la gravure de Mortain.

Mais, sous Louis XIV, l'élargissement de l'Allée Royale força au remaniement de ces deux premiers bosquets de Versailles, et une gravure de Pérelle montre ce que devint alors le bosquet de la Girandole : au milieu, jaillit d'un grand vase de fleurs une gerbe qui le surmonte. Au pied du vase, des jets d'eau arrosent par leur retombée des roseaux qui bordent la margelle. — La décoration de ce bassin, comme de celui du Bosquet du Dauphin, a d'ailleurs varié souvent; car Félibien parle encore là « d'un masque de bronze doré, par la bouche duquel s'élevait un jet d'eau »; et Piganiol, plus tard, « d'un Faune antique qui rit en se mirant dans l'eau, lequel a été gravé par Mellan ».

Les carrefours du bosquet de la Girandole étaient ornés de Termes, comme ceux du Bosquet du Dauphin. Ils sont encore autour de la pelouse, sous les ombrages du quinconce. Sauf l'Hiver, qui a été fait à Rome par Théodon, les autres, dit Piganiol, « ont été exécutés par différents sculpteurs, d'après les dessins que le Poussin avait donnés pour M. Fouquet ».

La Salle-de-Bal.

XVII. — La Salle-de-Bal.

La Salle-de-Bal, communément les Rocailles, est une des plus gracieuses créations que Le Nôtre rapporta de ses voyages en Italie. Elle fut édifiée en 1680, au milieu du petit bois qui, jusqu'à cette époque, couvrit cette partie du Parc.

Un tableau de Cotelle, au Musée, et plusieurs gravures anciennes la représentent : au centre se trouvait une petite plate-forme sur laquelle on dansait quand il plaisait au Roi d'y donner des fêtes. Deux fossés, revêtus de marbre de Languedoc et de marbre de Campan, séparaient les danseurs des spectateurs, et quatre cassolettes de métal portant des girandoles servaient à éclairer cette petite scène, qui disparut en 1705. On peut regretter la disparition de cette plate-forme sur laquelle se pavanaient les danseurs. L'amphithéâtre était formé par six rangs de sièges de gazon, qui, supprimés plus tard, ont été rétablis il y a quelques années. Les quatre torchères de la cascade et les quatre torchères de l'amphithéâtre étaient dorées et recevaient des girandoles. L'orchestre dominait la cascade.

Mais c'est surtout à cette cascade de coquillages et de rocailles que ce bosquet dut sa légitime réputation. Située au fond du bosquet dans lequel on accède par deux grilles entre les gradins de gazon, nous n'avons pas à la décrire, car elle existe toujours telle qu'au début, bien qu'elle ait souvent réclamé des réparations à cause de la fragilité des éléments qui la composent; mais toujours elle a été rétablie comme Le Nôtre l'avait conçue.

Sous la Révolution, le citoyen Leroy, architecte, fit rétablir dans tout son éclat la charmante cascade de la Salle-de-Bal, par les frères Boischard. Ce bosquet a été dans ces derniers temps l'objet d'une restauration aussi complète que scrupuleuse : des massifs de maçonnerie isolent et protègent la cascade, en face de laquelle on a eu l'heureuse idée de placer le groupe du Satyre Marsyas enseignant la flûte de Pan au jeune Olympe, précieuse copie d'après l'antique, qui était autrefois au pourtour du Théâtre d'Eau.

Louis XIV donna souvent des fêtes dans le bosquet de la Salle-de-Bal, et Dangeau, dans son Journal, consigne que le grand Dauphin, après avoir été courre le cerf, son exercice favori, se plaisait quelquefois à y donner à dîner aux chasseurs.

Les Sources d'Eau.

XVIII. — Les Sources d'Eau.

Au commencement des embellissements de Versailles, au-dessous de la Girandole, à gauche en descendant l'Allée Royale, là où se trouvent aujourd'hui la Colonnade et la Salle-des-Marronniers, dans le bois taillis qui occupait toute cette partie du Parc, on fit deux salles, séparées par une grande allée au milieu. C'étaient *les Sources d'Eau*, que Félibien appelle *les Bosquets* et qu'il décrit ainsi : « Au milieu de chaque « bosquet, il y a un bassin de fontaine, d'où s'élève un piédestal qui porte un autre bassin dont les bords « sont de pierres congelées de différentes couleurs. L'eau qui sort du milieu de ce bassin, par la bouche « d'un gros masque de bronze doré, retombe par nappes déchirées le long de ces différentes pierres, dans « le bassin d'en bas. » Sur le plan de la Maison royale de 1674, ce bosquet des Sources est représenté par un espace entouré de charmilles ; mais sur le plan de Silvestre de 1680, on voit en cet endroit des petites allées qui se coupent et s'entre-croisent ; plusieurs gravures anciennes le représentent.

Dangeau nous apprend que « c'est le 19 juin 1684 que le Roi ordonna une colonnade de marbre avec des groupes de fontaines, dans l'endroit où étaient les Sources d'eau du Parc » ; et voici comment Blondel la décrit dans son *Architecture française* : « Trente-deux colonnes de 18 pouces de grosseur, avec autant de pilastres, composent la décoration d'un cirque dont le sol est environné d'un perron de marbre de cinq marches et dans le milieu duquel est un groupe de la même matière posé sur un piédestal circulaire élevé sur deux gradins. Les colonnes, de la plus belle exécution, sont soutenues par autant de socles. Les bases sont antiques et les chapiteaux modernes. Dans les vingt-huit entre-colonnements sont placés autant de bassins, aussi de marbre, d'où s'élance un jet d'eau qui, dans sa chute, forme une nappe dans un chéneau de marbre qui sert de soubassement à toute cette architecture. Sur les colonnes et les pilastres règne une corniche architravée, qui sert d'impostes aux archivoltes qui déterminent le plein cintre de chaque espacement des colonnes. Dans les intervalles de ces arcs sont distribués des bas-reliefs, représentant des Génies et des Amours sculptés par Coyzevox, Mazière, Grenier, Lehongre et Lecomte. Sur les claveaux de chaque arc sont des têtes de Nymphes, de Naïades, de Sylvains ; et au-dessus de ces archivoltes règne une corniche continue, amortie par un petit attique enrichi de portes ou ornements courants, surmontés de vases qui répondent sur chaque colonne. Toute cette ordonnance est de marbre blanc, à l'exception des colonnes, dont huit sont de brèche violette, douze de bleu turquin, ainsi que les trente-deux pilastres qui sont du même marbre que ces dernières. » Le fameux groupe de *l'Enlèvement* a été exécuté par François Girardon, d'après le dessin de Lebrun, premier peintre du Roi. Ce dessin, en effet, a été gravé par Gérard Audran en 1680, et le piédestal de la statue porte : F. GIRARDON, troïen, 1699. Saint-Simon raconte que ce nouveau bosquet fut exécuté pendant une absence de Le Nôtre. Quand celui-ci revint d'Italie, le Roi le mena dans ses jardins de Versailles, où il lui montra ce qu'il avait fait depuis son absence. A la Colonnade, il ne disait mot. Le Roi le pressa d'en dire son avis. « Eh bien! Sire, que voulez-vous que je vous dise? D'un « maçon vous avez fait un jardinier : c'était Mansart; il vous a servi un plat de son métier. »

Ce bosquet existe encore tel qu'il a été conçu. Un tableau de Cotelle, dans la salle des Résidences royales, le représente avant que le célèbre groupe de Girardon, *l'Enlèvement* ou plutôt *le Ravissement de Proserpine*, comme on disait alors, y eût été placé au centre. Sur le devant, Cotelle, qui a agrémenté chacun de ses tableaux de sujets mythologiques pour montrer sans doute que Versailles était un Olympe, y a représenté Apollon servi par les Nymphes de Thétis, réminiscence du groupe des Bains d'Apollon que nous avons déjà rencontré plusieurs fois dans d'autres bosquets.

La Galerie d'Eau.

XIX. — La Galerie d'Eau.

Le second bosquet indiqué par Félibien, dont nous venons de parler, ne tarda pas à être transformé pour recevoir les statues réparées que le Roi avait fait acheter de tous côtés, en Italie, pour la décoration de ses jardins de Versailles. Ce bosquet prit alors le nom de *la Galerie d'Eau* ou *la Salle-des-Antiques*. Il n'est pas figuré sur le plan de la Maison royale de Versailles de 1674, mais il l'est sur celui de Silvestre de 1680. Les *Comptes des Bâtiments* nous apprennent que cette année-là des travaux furent exécutés dans cette partie du Parc. Un tableau de Martin, au Musée, et d'anciennes gravures le représentent.

Dans un bassin rectangulaire, peu profond et dallé en marbre, étaient placées les statues antiques de la Galerie d'Eau, douze d'un côté et douze de l'autre, et chacune de ces statues était placée entre quatre jets d'eau verticaux en forme de lances. A chaque extrémité du bosquet, une coquille de marbre blanc, supportée par un socle de rocailles, était également entourée de quatre jets d'eau. L'une de ces coquilles a été gravée par Le Pôtre en 1679 : elle supporte une Vénus de bronze derrière laquelle se cache l'Amour ; c'est une de ses plus gracieuses productions.

Mais, en 1704, vingt-deux de ces statues antiques furent enlevées et dispersées dans le Château ; deux seulement, *Antinoüs* et *Méléagre*, restèrent dans le bosquet, qui prit alors le nom de *Salle-des-Marron-niers*, parce que « les ailes, qui étaient auparavant formées par des statues et des jets d'eau, furent rem-« placées par des marronniers ». (Piganiol.) Depuis cette époque, les deux statues centrales qui se font face n'ont pas bougé ; mais les bustes antiques qui sont à droite et à gauche, entre les arbres, ont plusieurs fois changé de place, comme l'indiquent les descriptions successives du Parc de Versailles. Rigaud nous a conservé par la gravure ce bosquet tel qu'il était de son temps ; c'est une des plus jolies productions de son burin précis et délicat. Sous Louis XV, la tranquillité et la fraîcheur, dans les plus grandes chaleurs de l'été, le rendaient un des plus charmants endroits du Parc. Il était enfermé par un treillage garni de char-milles, orné de beaux bustes de porphyre et de deux statues de marbre blanc. Les charmilles formaient des hémicycles de verdure contenant chacun deux bustes ou une statue et des bancs de pierre.

Les huit bustes antiques de marbre blanc qui y furent placés après l'enlèvement des vingt-quatre premières statues représentaient : *Hercule, Déjanire, Alexandre, Cléopâtre, César, Numa, Marc-Aurèle* et *Vénus*. Ceux d'Alexandre et de Marc-Aurèle s'y trouvent seuls aujourd'hui ; les autres ont été remplacés par les bustes d'Apollon, d'Othon, d'Antoine, de Septime-Sévère, d'Octavien et d'Annibal : ce qui a fait donner quelquefois à ce bosquet le nom de Salle-des-Empereurs.

Aux deux extrémités de la Salle, au bord du chemin qui y donne accès et dans un enfoncement de ver-dure, se trouve un bassin de marbre blanc, au milieu duquel est une vasque de marbre qui servait jadis de piédestal à une statue également de marbre blanc. D'un côté, c'était une Muse, et de l'autre une Dame romaine. Les deux bassins et leurs vasques sont restés, mais les deux statues ont été enlevées et remplacées par un vase de marbre.

Les Cascades de l'Isle Royale.

XX. — L'Isle Royale.

Sur l'emplacement du Jardin du Roi existait autrefois une pièce d'eau de la même étendue, qui disparut seulement en 1816. On l'appelait *le Bassin de l'Isle d'amour* ou *l'Isle royale*.

A son centre se trouvait, en effet, une petite île bordée de quatre-vingts jets d'eau formant une gerbe retombant dans le bassin, gerbe qu'il fallait traverser ; mais après on pouvait se promener dans l'île sans être vu et sans être mouillé. Huit grands jets verticaux se dressaient encore dans ce grand bassin, sur lequel nageaient des cygnes et circulaient des barques.

Une chaussée, qui existe encore, séparait le bassin de l'Isle royale du bassin du Miroir. Ce dernier, plus élevé, se déversait en formant *les Cascades de Versailles*, qui furent terminées en 1683. A droite et à gauche, neuf vasques supportées par des rocailles étaient surmontées par des jets d'eau et bordaient la

L'Isle Royale ou Isle d'Amour.

chaussée qui séparait les deux pièces d'eau; elles alimentaient les cascades. Mais toute cette décoration ne résista pas aux injures des hivers, et elle disparut, ainsi que l'Isle, en 1704.

À partir de cette époque, il ne resta plus, au centre du bassin de l'Isle royale, qu'une grande gerbe de 47 pieds de haut et deux jets d'eau, à droite et à gauche, dans l'alignement de ceux du bassin du Miroir.

Une jolie gravure de Rigaud montre encore le bassin de l'Isle royale sous Louis XV, bordé d'arbres et encadré d'un merveilleux cloître de charmilles taillées en arcades. Si l'Isle et les Cascades ont disparu, la grande pièce d'eau a toujours 130 toises de long sur 60 de large; et son périmètre est rigoureusement représenté aujourd'hui par le treillage qui borde le Jardin du Roi.

Quant au bassin du Miroir, on disait autrefois qu'il était en forme de vertugadin, parce qu'il avait le galbe du bourrelet que les dames avaient coutume de porter alors au-dessous de leur corsage. La mode, depuis, a oublié le nom en conservant la chose, et le petit bassin du Cloître de l'Isle royale est toujours le bassin du Miroir, où des carpes de Fontainebleau se sont acclimatées.

Les deux grandes statues d'*Hercule* et de *Flore Farnèse*, copiées à Rome par Cornu et par Raon, sont restées à la même place qu'autrefois, à droite et à gauche du grand bassin de l'Isle royale, représenté aujourd'hui par le Jardin du Roi. Les deux beaux vases, ornés de branches de houx et de fleurs-de-soleil, de Lefèvre et de Legeret, sont toujours au pied de la courbe du bassin du Miroir, mais les quatre statues qui le bordent ont été plusieurs fois changées de place, sauf peut-être la *Vénus sortant du bain* qui est antique.

En 1816, par suite de l'altération des conduites, le bassin de l'Isle royale n'était plus qu'un marais fangeux, en partie couvert de roseaux, dont l'aspect abandonné déshonorait ce côté du Parc de Versailles. Aussi, par un hiver rigoureux, Louis XVIII le fit combler en partie par les indigents de la Ville. On a dit et répété à tort que le Jardin du Roi avait été copié sur celui de la maison d'Hartewel que le Roi avait habitée en Angleterre; il a été dessiné et planté par Dufour, alors architecte du Roi, auquel il fait grand honneur. Par ses dispositions et ses formes symétriques, il appartient au genre français, et par sa pelouse verdoyante et vallonnée, avec ses massifs d'arbres et d'arbustes précieux, il rivalise avec les plus jolies pelouses dites à l'anglaise. Tant il est vrai que les genres opposés ne s'excluent pas toujours et qu'un esprit ingénieux peut les réunir à la satisfaction de tous.

Dans les deux rotondes de verdure, à droite et à gauche en entrant dans le Jardin, se trouvent deux vases de marbre blanc très intéressants. Ils ont été copiés par Rousselot d'après l'antique et ils représentent : l'un, « le vieux Silène, qui a fêté consciencieusement son nourrisson, et les Bacchantes, qui font bien leurs personnages », dit Piganiol ; « l'autre, une mariée romaine, assise et tête voilée, tandis que ses femmes lui apportent le nécessaire ». Ces deux vases étaient autrefois sur le parterre du Nord, à droite et à gauche de la fontaine de la Pyramide, qu'on appelle trop souvent le Pot-Bouillant.

L'entrée du Labyrinthe de Versailles.

XXI. — Le Labyrinthe.

Pour terminer cette promenade, un peu longue peut-être, dans les bosquets disparus des Jardins de Versailles, il reste à parler du fameux Labyrinthe aux Fables d'Esope, qui se trouvait sur l'emplacement du Bosquet de la Reine ; c'était un des plus anciens et des plus intéressants, les délices du Roi et de la reine Marie-Thérèse. Il fut créé en 1673, et on raconte que la jeune Reine, qui partageait le goût du Roi pour les jeux hydrauliques, ne passait pas de jours, quand elle habitait Versailles, sans se promener dans les bosquets et particulièrement dans le Labyrinthe, où elle se plaisait à faire jouer successivement devant elle toutes les petites fontaines.

Sous Louis XIV, c'était le seul bosquet des Jardins qui fût fermé. Bossuet eut le privilège d'en avoir la clef ; il venait y travailler, c'est là qu'il prenait ses rendez-vous ordinaires avec l'abbé Fleury ; ce dernier apportait toujours un écritoire et du papier, et c'est dans le bosquet des Fables d'Esope qu'il communiqua à Bossuet ses deux premiers discours sur l'*Histoire ecclésiastique*.

Il est vraiment singulier que, sur un si petit espace, on eût pu réaliser un dédale et des détours inextricables. Toutes les petites allées, de la même largeur, étaient bordées de charmilles ou d'arbrisseaux taillés en charmille; des petits massifs de verdure les isolaient assez pour qu'on fût obligé, quand on ne connaissait pas le bosquet, de s'y promener longtemps avant d'en retrouver l'entrée. Si l'on compare ce plan avec le dessin du Bosquet de la Reine actuel, on retrouve l'emplacement de quelques allées et fontaines.

PLAN DV
LABIRINTHE
DE VERSAILLES.

L'entrée du Labyrinthe était auprès de la porte des galeries de l'Orangerie. Sa grille, surmontée des armes royales, était entre deux statues. « L'une, dit Piganiol, « est celle du fameux Esope, connu par ses « fables et dont un grand nombre sert à « orner le bosquet; elle est de Gros. L'au-« tre est celle de l'Amour, tenant en ses « mains un peloton de fil, pour signifier « que, si ce Dieu nous jette quelquefois « dans un labyrinthe d'inconvénients, ce « même Dieu nous donne aussi le moyen « de les démêler et de les surmonter. Ce-« pendant, Esope semble lui remontrer que « son peloton est inutile et que, sans la « sagesse, on ne peut jamais sortir des « abîmes que l'amour nous a causés. Cette « statue est de Baptiste Tuby. » — Ces deux statues, qui existent encore dans le bosquet de l'Arc-de-Triomphe, étaient peintes. Le fils de Vénus est représenté sous la forme d'un adolescent; le bossu philosophe, vêtu d'une blouse d'esclave phrygien et chaussé de grossières sandales, est d'un réalisme surprenant, qu'on ne s'attend pas à trouver à une époque où le mot lui-même n'existait pas; l'esprit jaillit des rides de son masque difforme.

Une fois dans le Labyrinthe, il était assez difficile d'en sortir, à cause de l'entrelacement des allées; mais, pour l'habitué, la promenade n'était qu'un jeu, même sans le peloton de l'Amour, car à chaque détour d'allée, ou à chaque carrefour, il y avait une fontaine ornée de rocailles représentant une fable d'Esope. Chaque animal, acteur des fables, avait sa taille exacte et sa couleur naturelle; et pour que le sujet n'échappât pas au visiteur, une inscription de quatre vers était gravée en lettres d'or sur une plaque de bronze peinte en noir; elle résumait la fable ou le sujet. Les vers étaient de Benserade.

Un tableau de Cotelle, dans la salle des Résidences royales, représente l'entrée du Labyrinthe; au fond du tableau, on aperçoit la première fontaine, *le Duc et les Oiseaux*, avec son demi-dôme d'architecture et tous les perroquets, geais, pies, merles, colombes, linottes, mésanges et bouvreuils, crachant de l'eau sur le pauvre duc, assis sur une pierre au milieu d'un bassin de rocailles, entouré de cygnes, de grues, de hérons qui lancent aussi de l'eau. Ces oiseaux peints des plus vives couleurs, à travers les treillages et la verdure, tout couverts de la pluie diamantée des eaux jaillissantes, produisaient un effet original des plus brillants. Voici comment les quatre vers de Benserade expliquaient la scène :

Les Oiseaux, en plein jour, voyant le Duc paraître,
Sur lui fondirent tous à son hideux aspect;
Quelque parfait qu'on puisse être,
Qui n'a pas son coup de bec.

8

Un second tableau de Cotelle, près du précédent, représente l'intérieur du Labyrinthe. Il montre au fond *le Combat des Animaux*, et à l'entrée de l'allée de droite, *la Grue chez le Renard*, qui était accompagné du quatrain suivant :

> Le Renard voulant faire à la Grue un festin,
> Le dîner fut servi sur une plate assiette.
> Il mangea tout chez lui, comme ailleurs, le plus fin ;
> Elle de son long col attrapa quelque miette.

Mais auprès se trouvait la contre-partie, *le Renard chez la Grue* :

> Le Renard chez la Grue alla pareillement.
> Un vase étroit et long fut mis sur nappe blanche.
> De la langue, le bec se vengea pleinement ;
> Est-il pas naturel de prendre sa revanche.

La description des trente-neuf fontaines du Labyrinthe est dans Piganiol ; chacune d'elles a été gravée par Sébastien Leclerc, ainsi que le plan que nous reproduisons, daté de 1674.

Le Combat des Animaux est décrit ainsi par Piganiol : « Dans la voûte d'un grand cabinet de treillage « orné d'architecture, on voit des oiseaux de toute espèce qui jettent de l'eau sur un rocher de rocaille qui « s'élève au milieu du bassin ; et le long de ce rocher, on voit quantité d'animaux à quatre pieds qui « jettent de l'eau à leur tour contre les oiseaux. — Il n'y a pas jusqu'à deux singes qui sont à l'entrée de « ce cabinet, montés sur des chèvres, qui ne jettent de l'eau par un cornet de bronze doré, tant la guerre « est allumée. » — Voici les vers de Benserade sur cette bataille :

> Guerre des deux côtés, sanglante et meurtrière,
> Dont pas un ne voulut avoir le démenti ;
> Mais la Chauve-Souris trahissant son parti,
> N'osa jamais depuis regarder la lumière.

Une autre fontaine représentait *le Dauphin et le Singe*. Le dauphin, assis au milieu d'un bassin carré, porte un singe et fait un jet d'eau. — Elle portait l'inscription suivante :

> Le Dauphin sur son dos portait le Singe à nage,
>   Et reconnut au premier mot
> Qu'il n'était pas un homme ou que c'était un sot ;
> Aussi ne voulut pas s'en charger davantage.

Il serait peut-être fastidieux maintenant d'énumérer toutes les autres fontaines du Labyrinthe et leurs

quatrains. On sait d'ailleurs où les trouver, ainsi que la charmante collection des trente-neuf fontaines. Disons seulement qu'outre *le Combat des Animaux* et *le Duc et les Oiseaux*, les fontaines de *la Poule et les Poussins*, du *Serpent à plusieurs têtes*, du *Milan et les Colombes*, des *Canes et le Barbet*, étaient sous des dômes ou des demi-dômes de treillage. Parmi les autres, les plus jolies étaient : *l'Aigle et le Renard*, *le Singe et ses petits*, *le Loup et la Grue*, *le Milan et les Oiseaux*, *le Conseil des Rats*, *le Cygne et la Grue*, *le Loup et la Tête*.

Le Labyrinthe disparut en 1775, au moment de la replantation générale du Parc, à cause de la vétusté

Le Cygne et la Grue.   Le Dauphin et le Singe.

de la plupart des fontaines. On enleva pêle-mêle renards et poules, chats et rats, singes et dauphins, aigles et corbeaux, serpents et hérissons, et tous ces débris de plomb, coloriés au naturel, furent déposés dans les magasins, où quelques-uns sont encore. Ils prouvent que, sous Louis XIV, l'art eut souvent des caprices, avant de subir partout la loi de grandeur et de majesté qui finit par dominer. Ne pourrait-on, avec ces débris, recomposer quelque fontaine, en souvenir du Labyrinthe. Cette restauration peu dispendieuse conserverait la trace d'un passé trop oublié.

Le Bosquet de la Reine, qui succéda au Labyrinthe, a été parfois désigné sous le nom de Bosquet de Vénus, à cause de la célèbre *Vénus de Médicis*, fondue en bronze au temps de la Renaissance, qui était au centre de la salle de tulipiers gigantesques que nous y admirons encore, ainsi que les quatre vases de bronze élégants qui décoraient jadis les angles de la fontaine du *Tibre* à Fontainebleau. — C'est dans ce bosquet que se passa, à la fin du siècle dernier, une des scènes les plus singulières de la fameuse histoire du Collier de la Reine : Le cardinal de Rohan, dupe d'intrigants et surtout de son aveugle crédulité, y entrevit la nuit une certaine Oliva, ayant une taille et une toilette pareilles à celles de Marie-Antoinette, et il crut avoir rencontré la Reine. Dans l'espérance de rentrer en grâce auprès de cette princesse, mal disposée contre lui à cause de sa conduite politique comme ambassadeur à Vienne, il crut voir dans cette rencontre un mystérieux assentiment à négocier pour elle l'achat d'un collier de diamants de seize cent mille francs, que le joaillier Bœhmer lui avait fait offrir et qu'elle avait refusé. C'est donc là que se noua cette funeste affaire du Collier, dont la malveillance s'arma pour répandre d'infâmes calomnies sur la Reine et qui a été justement appelée la première journée de la Révolution.

Aujourd'hui, on est rarement troublé dans ce bosquet par les promeneurs, la solitude y fait naître la rêverie et on peut y songer à l'aise

A ce passé charmant, plein de flammes discrètes,
Où parmi les grands rois croissaient les grands poètes,

sans vouloir faire ainsi allusion à Benserade, qui ne manquait cependant pas d'esprit et dont les bons mots, les sonnets et les madrigaux couraient souvent la Cour et la ville.

Notre promenade à travers les anciens bosquets disparus des Jardins de Versailles est terminée.

Il ne nous reste plus qu'à remercier le lecteur de sa bienveillante attention, dont nous avons peut-être abusé, et à conclure.

Et d'abord, en présence de tant de souvenirs évanouis, comment ces jardins sont-ils restés la plus haute expression de l'art au xviiᵉ siècle ? Comment ont-ils conservé toute leur célébrité et pourquoi le visiteur attentif soupçonne-t-il à peine quelques transformations, si ce n'est parce qu'ils appartiennent au grand art, qu'ils sont l'œuvre d'artistes de génie, tout comme les débris du Parthénon et la *Vénus de Milo* mutilée font partie des chefs-d'œuvre de la statuaire grecque.

Il est cependant désirable de voir relever les ruines qui déparent encore notre beau Parc, de voir restaurer les bosquets abandonnés qui attristent les visiteurs. Cette œuvre a commencé par la réparation de la Salle-de-Bal et du bosquet des Dômes ; souhaitons qu'elle continue, et surtout que de nouvelles ruines ne viennent pas s'ajouter bientôt à celles que nous avons rencontrées. — Et ce n'est pas là un vœu égoïste de Versaillais, car la France ne peut rester indifférente à la conservation du Temple de nos gloires nationales ; Versailles, son palais et ses jardins appartiennent à l'Art et à l'Histoire.

Nous savons bien qu'on a essayé de contester sa haute valeur et qu'on s'est égayé sur son style majestueux et un peu monotone ; mais l'admiration a toujours fini par triompher.

Nous n'en citerons qu'un exemple, pour terminer : « Nous-même, dit Théophile Gautier, dans une de « ses dernières études, au temps du romantisme, nous avons plus ou moins paraphrasé l'ingénieuse oppo-« sition que faisait Victor Hugo, dans la préface de *Cromwell*, d'une forêt vierge d'Amérique aux Jardins « de Versailles, et nous avons plaisanté comme un autre « les petits ifs en rang d'oignons ». Nous avions « tort ; ce jardin était bien le jardin de ce château, et il y avait une merveilleuse harmonie dans cet « ensemble de formes régulières, où la vie de l'époque pouvait développer à l'aise ses évolutions majes-« tueuses et un peu lentes. Il en résulte une impression de grandeur, d'ordonnance et de beauté à laquelle « personne ne peut se soustraire. Versailles reste toujours sans rival au monde. C'est la formule suprême « d'un art complet et l'expression, à sa plus haute puissance, d'une civilisation arrivée à son entier « épanouissement. »

TABLE

—⚬—

DES PRESSES
de l'Imprimerie AUBERT
Achevé d'imprimer
le 20 Novembre 1899

www.ingramcontent.com/pod-product-compliance
Lightning Source LLC
Chambersburg PA
CBHW070816260626
47161CB00006B/2307